美容大王

大S
徐熙媛——著

【開場白】

十七歲開始的『美容大王』之路！

我十四歲就和唱片公司簽約，在高中時正式踏入了演藝圈，從此也就和『美容大王』這稱號結下不解之緣囉！任何能讓我變美、變瘦、變白、變得更迷人的各種美容聖方和偏方，沒有一樣可以逃過我的法眼，所有第一手的訊息、最有效的新產品，我都一定要想盡辦法學會或得到手！

沒辦法，我就是這樣愛美，就算別人說我病態也無所謂，因為我是名副其實的『美容大王』！

記得剛準備入行時，我還沒那樣愛美，我和小Ｓ都是那種皮膚天生吹彈可破的天之驕女，上不上妝都差不了多少。那時曾經有位化妝師對我耳提面命，說什麼女生一定要保養，而且是越早越好，否則一過了二十五歲，肌膚就會像凋謝的花一樣，老得很快。

我和小Ｓ都覺得那位化妝師會不會想太多呀，當時我最多也不過是偶爾長出幾顆痘子，從來沒被什麼痘痘臉或是粉刺問題困擾過，所以完全沒把那位化妝師的話放在心上。說實在的，在入行前我對於美容真的是一點概念也沒有！

不過在正式簽約後，需要拍攝一些宣傳照，而拍完照回家當然要卸妝，我這才發現自己根本沒有卸妝油，需要買瓶卸妝油來用用。但買了卸妝油，還得要買洗面乳才行。買了洗面乳，化妝師又提醒我洗完臉之後一定要搽化妝水、乳液……那時我才對這些瓶瓶罐罐有了初步的了解，也才終於恍然大悟原來保養有這麼多程序呀！

還好，有化妝師和造型師可以當我的免費諮詢顧問，這些大姐姐（有些是男姐姐）都很耐心的教我，還告訴我什麼牌子很好用，可以用哪些比較年輕的品牌等等。但是對當時還沒收入的我來說，他們推薦的牌子真的是很貴，甚至買回去之後，我連化妝水、乳液到底哪一瓶要先用都搞不太清楚，覺得實在超麻煩，所以，最後還是只做了卸妝和洗臉兩個保養步驟。

仗著天生麗質不保養，慘案很快發生了。常化妝又不保養，妝也馬馬虎虎卸一卸，久而久之，我發現我的皮膚出現了明顯的黯沉現象，那時我看著鏡子裡的自己，額頭冒出了大顆大顆的冷汗……我開始尋找原因，想知道為什麼自己的皮膚會黯沉。這才發現，可能是之前卸妝不徹底的關係。卸妝一定要卸得很乾淨，洗臉也不能馬虎，一定要用某些品牌的洗面霜才適合。接下來我又發現臉部皮膚的角質層好厚，摸起來粗粗的，原來是需要去角質了。

於是我一步一步地朝保養美容這方面探索，開始懂得要去買適合自己皮膚的粉底、卸妝油，開始會去角質、敷臉。遇上了皮膚問題也會到處去打聽、找好的皮膚科醫生檢查，當然，對那一拖拉庫的保養品牌研究，我也越來越顯現出濃厚的興趣，這些在愛美方面的探索也成了我和許多姐妹茶餘飯後一定要談論的話題了！

　　就這樣，我在十七歲時，正式朝美容大王之路邁進囉！

CONTENTS

PART 4 FOUR 就是要白得徹底！

PART 5 FIVE 身上任何小地方全都不放過！

【結語】

PART 1 ONE

『瘦』又有型，才是王道！

誓當竹竿美人，讓我嘗盡苦頭

十七歲之前的我不了解也不注重化妝保養，但對於減肥這檔事，我可是在意得很，國中時我為了減肥吃足了苦頭，飽嘗各種減肥的辛酸淚！

其實，大王我國中時還滿胖的，那時最胖曾重達五十二公斤！當時我超迷日本女偶像，像是少女團體CoCo，以及宮澤理惠、觀月亞里沙和牧瀨里穗這三個超紅的『三M美少女』。在各報章雜誌的明星資料上，這些日本女生的體重都只有四十三到四十六公斤而已。我既羨慕又妒忌，不斷在心中嘀咕著：『自己怎麼這麼肥！』為什麼她們都可以那麼瘦？！

只是個國中生的我，當然是沒錢買什麼美容霜或減肥藥之類的產品，所以只好看著報導裡這些女偶像的減肥方式，然後依樣畫葫蘆。

那時候最流行的減肥法是每天只吃蘋果加優格，記得不知道是哪個日本女藝人說她吃了十天就瘦了十公斤。所以我不疑有他也照著做，結果只吃了三天就發生了胃絞痛而緊急送醫，醫生診斷出是胃發炎，把家人嚇得半死！

還有一個很恐怖的經驗是——吃瀉藥減肥！吃了之後，麻煩簡直層出不窮。那時上課上到一半鬧肚子痛必須跑廁所，舉手個一兩次說要上廁所，一開始老師還會相信你是真的肚子痛，可是我舉手的次數實在是太頻繁了，老師就起疑不滿，懷疑我是在搗蛋（但我吃了瀉藥當然不能跟老師說實話）……最後，老師終於不准我去廁所了，我只好坐在教室裡忍得冷汗直冒，等下課鐘聲一響起，就頭也不回往廁所衝！

我發現學生根本不適合吃瀉藥（除非你便秘），更重要的是，吃瀉藥根本不會瘦！

美・容・大・王
經驗談

國中時為了減肥，我的身體搞得非常差，尤其是腸胃。長大之後我才發現國中生減肥，真的很傷身體又不值得，因為國中還在發育，如果這個階段用錯誤的方法減肥，譬如吃瀉藥、或是讓自己營養不均衡的斷食減肥法，都會使胸部無法發育、皮膚沒有彈性、沒有水分，重點是還可能會長不太高，骨頭也會出問題。像這些問題都是在我長大後才慢慢地發現，原來自己國中時候為了愛美，傷了自己寶貴的身體。

神呀，把我的腿變細吧

在那段不顧一切盲目減肥的過程裡，我對於自己的大腿尤其有著頑強的執著！

我國中時最不滿意自己的大腿。老實說，體育課穿短褲的時候，我跟同學比起來大腿算是滿細的，但是我受到日本女偶像的影響實在太深了，一直覺得就是要兩腿合不攏才算標準。那些日本女偶像，我觀察後發現，她們的大腿併攏之後，兩腿中間都有一些空隙，但是我的大腿併攏之後卻沒有腿縫，所以觀察結論是——我的大腿太粗了（現在想起來還真的很好笑）！

剛好那時候第四台電視購物相當風靡減肥產品，我沒事盯著看，就想買來實驗一下。我還記得當時經由電視購物買了一種叫做『脂立消』的產品，號稱『想瘦哪，就搽哪』，不管塗在身體的哪個部位，那裡的脂肪就會被快快吃掉。我搽上去這東西後感到效果真是非常地強烈，搽過的地方立刻紅、腫、癢，不過實在是太難受了，就想要用清水沖掉，卻怎麼也洗不掉啊！

就這樣癢了差不多半天到一天的時間，才慢慢沒那麼癢，但是腿還是會一直發紅，到最後腿上的肉甚至呈現出血花狀態，好久好久以後才慢慢消失……結果呢？你認為我有瘦到嗎？沒有，完全沒有，皮膚還過敏了好幾天，這就叫做花冤枉錢還要找罪受！

經過多次的失敗嘗試後，現在的我終於找出真正能讓腿部曲線變瘦變美的方法，還體會出臀部線條如果夠美，腿也會看起來更修長哩！

美容大王教戰守則
——俏臀與緊實大腿線條秘訣

很多西方人看一個女生漂不漂亮、正不正，都會先看她們的臀部，覺得如果一個女生臀部很正很翹，才有資格被稱為美女。我也是從小就認為女生一定要有完美緊翹的臀部才算美。

●想當個人見人愛的姿勢美人，走路時隨時抬頭挺胸縮小腹吧！

東方女生骨盆比較大，加上常坐著的關係，屁股比較扁平。不管女生胖或瘦，胸部大或不大，只要她有一個很翹很好看的臀部，就會加分不少。

◎俏臀秘訣 1 ：做運動

臀部要練翹，運動最有效。其實只要做一個運動就可以輕鬆擁有迷人翹臀了，那就是站著的時候，腿打開與肩同寬，腳尖朝外開呈外八字，膝蓋一定要打直，然後用力往裡夾你的屁股。這樣子夾，次數能超過二十下是最好。正在看電視或沒事的時候可以常常夾，這會讓你的臀部逐漸出現微笑的曲線喔！

◎俏臀秘訣 2 ：搽翹臀霜

搽克蘭詩的翹臀霜也滿有效的。但是你若只是輕輕地像搽臉一樣地抹在臀部上，效果不是很好，一定要配合手的按摩。手的按摩必須用力地抓和捏，但是不要用力到讓自己瘀青，也不要把自己肉抓到破皮。

正確的力道有點像在揉麵糰，用手掌部位去壓和推多餘的脂肪。這種按摩方式針對大腿和手臂水腫的地方非常有效。

◎緊實大腿秘訣 1 ：揉捏按摩

●圖片提供：碧兒泉 BIOTHERM

大腿和臀部的交接處常會出現橘皮組織，我推薦大家用碧兒泉的產品，同樣用抓和捏的方式讓它吸收，也可以達到促進血液循環加強新陳代謝的效果。或者是用克蘭詩出的按摩板，它一面能幫你搽乳液，另一面能幫助你按摩。先將乳液均勻塗上皮膚，再用按摩板這一面由下往上推，從大腿根部往臀部方向推刷，每個地方至少要刷上二、三十下，你會感到很熱又很痛，但這對於消除橘皮組織、消水腫都還滿有用的囉！

◎緊實大腿秘訣 2 ：穿調整型塑身褲

除了抓捏法，另一種物理性塑身法，就是穿調整型的褲子。穿著調整型褲子可以改善你的線條，讓大腿線條變得好看，長期穿的話，肉也會集中在應該集中的地方，屁股也會變得比較翹。但是，能不能穿得住就要看你的耐力了，因為夏天穿著它會很難過，冬天穿著它又常讓人覺得刺刺癢癢不舒服！

美容大王教戰守則
——緊實小腿秘訣

美女當然不能有小象腿或蘿蔔腿，迷人曲線的小腿，是一定要追求的。不過，長期站立或是常穿高跟鞋的女生，小腿特別容易腫，或者產生靜脈曲張，影響了腿部的美觀，實在很可惜耶。

◎緊實小腿秘訣 1 ：穿防靜脈曲張褲襪

如果你的職業是售貨員、老師或是常需要站立的工作，一定要穿防止靜脈曲張的褲襪，在康是美就買得到。這種褲襪非常合身，一定要買對自己的尺寸，按身高來買，要不然效果也不見得會好。

◎緊實小腿秘訣 2 ：用纖腿凝膠

如果你常常站了一整天小腿又腫又脹，在康是美可以買到一種纖腿凝膠，品牌是 PROMOTION ，因為它含有清爽的薄荷成分，用這種凝膠來按摩腿部，小腿會比較鬆弛，比較舒服。

◎緊實小腿秘訣 3 ：按摩＆抬腿

抬腿也是消除腿部水腫的好方法！按摩完腿部後，把腿伸直靠在牆上，與身體成九十度，最少要抬腿十五分鐘才會有效果。但千萬不要舉得太久，像是久到一個小時這種程度，你的腿會麻掉甚至還會抽筋哩！

◎緊實小腿秘訣 4 ：喝薏仁水消腫

通常熬夜或是前一天喝酒，第二天很容易水腫，這時候可以喝薏仁水。薏仁水不是喝了馬上就有效。通常早上喝薏仁水，下午使會覺得尿多，或是你今天喝了很多薏仁水，隔天就會大量排尿。薏仁水會幫助你排出身體多餘的水分，現在很多早餐店有賣薏仁漿。

美・容・大・王
經驗談

如果想知道你是不是水腫體質，就在身體上比較腫的地方，用大拇指壓下去，如果壓完後有白白的一塊印子，很久才散掉，這代表你身體有多餘的水分。若水腫情況長期都不改善，甚至愈來愈嚴重，這代表你腎臟有問題，該去看醫生囉！

束腹馬甲全都上，非瘦不可

我這美容大王覺得瘦還不夠，我想要的是，非常強烈、非常強烈的，瘦！

於是我開始穿調整型的全套內衣，包括束腹、馬甲、下半身束褲、全套的緊繃的調整型內衣，我上學穿，工作也穿，睡覺也穿著睡，全副武裝，要讓瘦的使命必達！

調整型內衣的上衣、束褲、束腹這三項東西，真是挺好用的。如果你有耐力與能力去持續地穿的話，身材一定可以保持得很好，調整體型效果一級棒！

美容大王教戰守則
——平坦小腹秘訣

一講到小腹，很多女人就會皺起眉頭，因為小腹上的贅肉往往是頑強減不掉的，可是它又是讓身材變型的第一號兇手，想要成為美女中的美女，小腹就自然要一丁點的贅肉都沒有才可以的！

小腹的問題源自每個女生的體態，如果你總是駝背，肉非常容易集中在小腹，穿著束腹能減少這類慘案的發生。另外抬頭挺胸也是非常好的減肥方法喲，如果你平常不運動，抬頭挺胸本身就能幫助你消耗熱量，尤其是在你平常走路的時候！

◎美腹秘訣 1 ：隨時隨地都抬頭挺胸

抬頭挺胸的方法就是屁股往內夾緊，腰部兩側也會用力，然後肩胛骨的部位夾緊，肩膀完全打開，脖子和肩膀交接處往下垂放鬆不能聳肩，下巴微微提起。如果你長期坐或站都維持抬頭挺胸、肚子用力，小腹會縮小非常多，還會長出腹肌來，肉也不容易一直囤積在腹部。

◎美腹秘訣 2 ：用纖體霜

用纖體霜當然也會有輕微的效果，可是真正的重點還是在體態。如果平時沒有挺腰，一定會長出小腹！

另外脊椎問題也會影響體態，東方女生很多都有脊椎側彎或是椎間盤突出的問題。如果你的脊椎側彎、椎間盤突出、駝背，長期下來會腰痠背痛。這些毛病也可能導致造血功能不良，使你頭昏，讓你的皮膚不好。所以你若是脊椎有問題，要趕緊去看醫生，做適當的復健對你會有幫助的！

PART 2 TWO

百分百美髮女戰神！

就是要讓頭髮健康水亮

我這美容大王真是用很變態的嚴苛手段來保養我的一頭秀髮，不過那全是一些瑣碎但卻簡單到不行的方法。

很多人問大王我去哪裡護髮、用什麼東西護髮？答案是，我的頭髮我喜歡自己保養，因為我不喜歡別人有任何藉口去碰觸到它。我認為頭髮之所以會漂亮，護髮並不是最重要的一件事，以我的觀點，頭皮健康才是最最重要的喲！如果你的頭皮健康，其實根本不太需要去護髮，只要你不去任意糟蹋它，它就不會變壞。頭皮要維持健康，如何洗頭很重要，尤其是使用的洗髮精品牌一定要非常謹慎！

我的頭皮一直都非常健康，只有在心情不好或是壓力非常大的時候，頭髮才會變細，然後開始掉頭髮。情緒很容易影響到我的頭皮狀況，不過只要出現這種情況時，我就會換別種品牌洗髮精來調整一下。

我要再次提醒大家（別嫌我囉嗦啦，一定要仔細看），如果你希望把頭髮留得又長又健康的話，正確洗頭真的真的是很重要！除非，你的頭髮是非常油、非常油的極油性，你不每天洗它，它就會變成一撮一撮黏黏的，除了這種狀況外，一般人大概只需要兩天洗一次頭就足夠了。當然如果你當天留了很多汗，一定是要洗頭。如果你的頭髮偏乾性，不容易髒或臭，其實三天洗一次也是可以，不會有什麼傷害的啦！

美容大王教戰守則——
洗頭髮的正確步驟

◎步驟 1 ：用指腹按摩頭皮

洗頭髮的時候一定要用指腹搓你的頭皮，每一吋頭皮都要被洗髮精的泡沫覆蓋，並且用指腹搓過每一吋頭皮，這樣頭皮才會洗得乾淨。

◎步驟 2 ：徹底洗兩次

千萬注意洗頭之前一定要把頭髮梳開，不能在打結狀況下洗。譬如說你今天綁了一整天頭髮，你不能鬆開頭髮後就直接洗，一定要先把頭髮梳開再洗。

頭髮要分兩次洗，先洗頭皮，接著再洗髮絲。如果你是油性髮質的話，就要分兩種不同的洗髮精洗，先用專門洗頭皮的產品輕輕地洗，再用一些含牛奶成分、胺基酸成分的產品，正常地洗一次髮絲。洗髮絲時可以將頭髮撩到一邊，輕輕地揉它，並且用手指抓順抓開。

本大王提醒大家不要彎著腰洗頭或倒著洗頭，因為倒著洗頭必須抬頭看，很容易長出抬頭紋，這是我目前試過最容易產生抬頭紋的動作。我都是站著洗頭，當然站著洗身體一定會弄濕，洗頭得順便洗澡。

美·容·大·王
經驗談

我平常是用 Kiehl's 的胺基酸洗髮精，它非常適合我的髮質，但不見得適合每一個人。我曾經推薦這一款洗髮精給朋友用，也去了解她們用過的心得，還親自檢查她們使用過的頭髮狀況。有的人說這款洗髮精不適合她們，我檢查過也發現的確如此。每個人的髮質不同，同一種洗髮精你用得很好，不見得其他人使用也好。但是，若你也像我一樣，留有一頭長直髮，不怎麼整燙它，就是頭髮狀況跟我很像的話，你可以和我一樣用這款洗髮精試試看，我覺得真是挺好用的耶！

寶貝秀髮的7種嚴苛守則

有些人的額頭邊緣會長胎毛，我就是屬於胎毛很多的人。我覺得胎毛自然又好看，所以不建議剃掉。很多藝人或模特兒在化妝師的建議下會剃掉胎毛，剃多了後反而長出刺刺的、摸起來像小平頭質感的短毛，很可怕！

頭髮其實真的不太需要太去弄它整它，健康自然就是美。

維持頭髮健康的方法，除了注重清潔、不染不燙之外，在日常生活中注重細節也非常重要，請張大眼睛看我接下來要介紹的變態行為，史上最嚴苛的護髮行徑非本大王莫屬！

美容大王教戰守則——

呵護秀髮嚴禁做的事

◎守則 1 ：保持距離以策安全

我平常絕對不讓頭髮接觸到它不該接觸到的東西。譬如，我坐椅子的時候會把頭髮撩放到胸前來，才去靠椅背，絕不可能讓它夾在背部和椅背中間，遭受無情的摩擦壓迫！

◎守則 2 ：誰都不能壓到它

坐車的時候，我也一定把頭髮放在安全帶的前面，絕對不讓安全帶壓著它，也不能讓頭髮被安全帶摩擦到！

◎守則 3 ：不讓它碰到不該碰的

在家裡看電視的時候，我也會把頭髮放到前面，不可能讓頭髮摩擦到沙發！

◎守則 4 ：睡覺要把頭髮撩起來

如果你的頭髮長到一個程度，睡覺的時候你一定要把頭髮撩起來睡，絕對不可以將頭髮壓在身體與枕頭中間。如果讓頭髮與枕頭直接接觸，只要試過兩天你醒來就會發現頭髮整個都打結了，髮質變得很乾，這是讓頭髮與枕頭接觸摩擦的後果囉！

◎守則 5 ：連手都不能碰到

男友要搭我的肩膀，我也要把頭髮撩起來，才讓他的手搭上肩。這些聽起來雖然都很變態，而且我的朋友也覺得我的行為變態，可是我就是用這樣變態的手段來保護我的頭髮！

◎守則 6 ：盡量不綁馬尾

我在家的時候也不太綁馬尾，因為綁馬尾會讓前額的頭髮掉得厲害，戴髮箍也是可能讓你前額的頭髮掉得厲害的另一個禍首！

◎守則 7 ：自然垂下擺兩邊

我在家一定將頭髮放下來，平均地分成兩邊，將它們垂放在胸前。只有這樣平均垂放，才不讓頭髮偏重任何一邊，只要一邊的頭髮較重，那裡的頭髮就可能容易掉！

水水潤潤的護髮訣竅

老實說，大王我真是非常少上髮廊去護髮。除非真的是在非常無聊的情形下才會到美容院護髮，或是陪著朋友去弄造型，在一旁沒事幹，才會請美容院的人替我護一下頭髮，除此之外，我情願自己在家 DIY 。

一般美容院在洗頭時會把你的頭髮整個捲起來，也沒特別梳就直接幫你洗，洗完之後打結成一團，然後又用毛巾把整個頭包起來，放下來後就直接開始梳、開始吹。要知道，你的頭髮在它被捲起來的過程中已經受到傷害了，這時候若再加上梳頭，就會掉下比平常更多倍的頭髮呢！

美容大王教戰守則——

潤髮時不可不知的事

◎潤髮必知 1 ：

潤髮顧名思義就是用來滋潤髮絲，所以不需要把它放在頭皮上。

◎潤髮必知 2 ：

大約是耳朵高度以下的頭髮才需要用到潤絲精，也就是頭頂到耳朵的那一段是不需要用的。你的髮尾才最需要潤絲精的滋潤，全頭用保證你的頭髮會沉重好幾斤！

◎潤髮必知 3 ：

潤絲不像洗頭必須用指腹搓，而是用手指梳順頭髮後握成一把，等頭髮都順了就可以沖掉了。

你有幾把梳子？
梳頭魔法養成術

梳頭髮很重要很重要，它也是一門大學問，所有美女必修。

我認識一個髮型師，他告訴我，梳頭髮的次數一定要超過你的年紀，如果你十幾歲就梳十幾下，年紀愈大，按摩頭皮次數也需要愈多。我要求自己每天一定至少要梳超過四十下，而且每一個部位都要梳到！

我這美容大王有非常多把梳子分別用在不同用途。大家不妨也瞧一瞧囉！一般我會在頭髮仍是濕的時候先用寬齒扁梳梳頭。寬齒扁梳我倒是沒有什麼特別品牌的偏好，一般店裡買到的寬齒扁梳就非常好用。

美容大王教戰守則

洗頭後梳髮正確步驟

◎步驟 1 ：

用寬齒扁梳先將濕髮分成三部分，左邊、右邊、後方，一次處理一部分。

●梳頭時第一步一定要先把左側、右側和後方的髮尾梳開。

◎步驟 2：

先用手梳穿過頭髮，握成小撮馬尾，從髮尾開始一點一點梳開。

◎步驟 3：

再從髮尾慢慢梳上來，最後才梳到頭皮。

◎步驟 4：

步驟一到步驟三都做完後，就可以開始吹頭髮了。當頭皮快吹乾時，我通常會用一把專門按摩頭皮的大梳子來梳頭皮，但是不見得需要讓梳子從頭皮整個梳到髮尾，梳到頭髮仍濕的部位就停下來。這種梳子可以活絡頭皮，讓人感到舒服。我現在用的是Janeke這

●髮尾都梳開了，再慢慢往上梳，
最後一定要按摩到頭皮喲！

個牌子，梳子的每一根髮齒末端都是圓形，是針對按摩頭皮設計的。

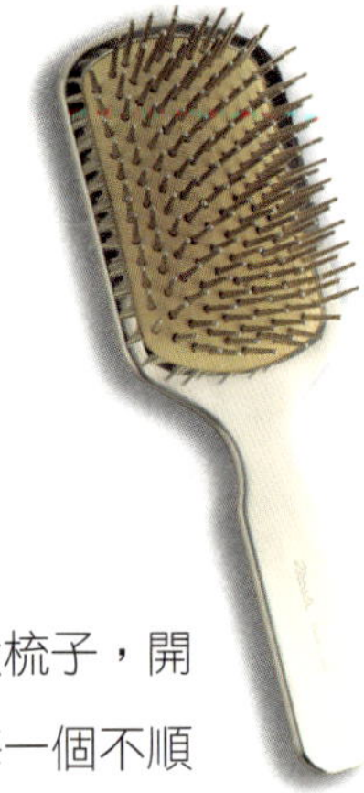

◎步驟 5 ：

梳完頭皮後，大王我會再用一把專門梳頭髮的大梳子，開始梳髮絲。記住，一定要從髮尾開始梳，確定髮尾每一個不順打結的地方都被你打開來了，才可以整頭開始梳。梳頭髮千萬不能硬扯，梳不開的地方可以用手去抓著打結上方的部位，慢慢用梳子將打結處輕輕梳分開來。

除了寬齒扁梳和按摩頭皮用的大梳子，我還常用一種尖尾梳。頭髮要分線，或是綁完馬尾之後想要將散落的頭髮看起來貼緊一點，我就會沾點水，然後用尖尾梳梳平。平常還會隨身帶一把防靜電梳，是義大利Janeke這個牌子，冬天時、坐飛機時或是到了天氣乾燥的地方，最容易產生靜電了，因此一把防靜電梳是絕對不能少的！

另外有一種鬃毛梳的防靜電效果也不錯，可是我比較不推薦。鬃毛梳梳起來的感覺只能梳到頭髮的表層，而且梳完之後你的頭髮會神奇的變成一片，不是根根分明。鬃毛梳雖然可以防靜電，但對於長直髮的人來說，真的是不太好用！

427 PADDLE BRUSH

聰明搞定秀髮——吹風機使用秘招

別懷疑，本大王的吹風機跟梳子一樣也很多。

對於大家都說頭髮不太需要去吹乾這檔子事，我有話要說。我覺得頭髮不去吹乾這方法其實不太好，因為如果常讓頭髮自然乾，久而久之髮質會變得又扁又塌。剛開始你會感到頭髮非常柔順，你以為這樣就是髮質很好，可是幾次試下來，我發現頭髮不但變得很細，甚至還細過你的毛細孔，這樣子會讓你的頭髮變得脆弱無比，一梳就掉，所以這個方法顯然是錯誤的。所以如果你是擔心頭髮吹乾會傷害到髮尾，那至少也一定要把頭皮給吹乾！

我這美容大王則是堅持洗完頭之後，一定要把整個頭髮吹到全乾！

我有幾種專門吹頭髮的吹風機，一種是恆溫吹風機，它會維持一定溫度，不會燙到我寶貝的頭皮。若是持續吹某一區塊導致那部份的頭髮溫度過燙，這個吹風機就會亮紅燈，我就知道要趕快移開，這是我最喜歡的一支吹風機，因為它很

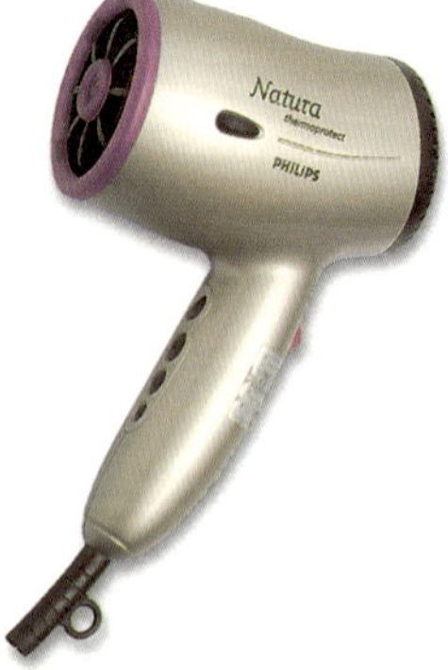

替主人想。

另外我還有一把擁有神奇魔力的吹風機。這種吹風機上面有個捲梳，下面則是出風口，一邊梳一邊吹頭髮，頭髮就會變得很直很亮且不會毛毛的。雖然這種吹風機會相當程度地傷害你的秀髮，但它還是很好用，因為它會讓你的頭髮看起來閃閃亮亮的，有了這種吹風機，離子燙的人也不需要去給人家吹直，這也是我造型時最愛的一把吹風機了！

美・容・大・王
經驗談

有時做造型難免要盤頭髮，因為要扭曲頭髮，所以也會傷害髮質，通常我都是真的好幾天沒洗頭了，頭髮沒那麼柔順好看，才會將頭髮盤起來。

美女必學——髮型適合你，天天好心情

我周遭的朋友好多次進了美容院，卻是心情十分不爽地出來，Why？花了錢應該是要變美，變美應該要心情好到不行才對呀？！原來是因為她們要追求的是梅格萊恩或薇諾娜瑞德的髮型，對造型師來說這根本是不可能的任務啊！

薇諾娜瑞德常留的是那種非常貼的短髮，很可愛又有個性，但是以東方人的髮質來說不太可能做得到啊，如果是有自然捲的東方人，剪那麼短會使頭髮蓬起來，就算是髮質很好的直髮，剪短後也會立起來，不管如何都很難貼在你的頭皮上，除非你抹很多很多造型液。而梅格萊恩的頭髮，是老外那種軟綿綿的質地，剪好以後隨手一抓，就會成一道波浪形狀，可是東方人根本不是那種髮質，不可能隨手一抓出現一道美麗的波浪的！

所以進美容院之後，一定要跟美容師好好溝通。我的建議是，先找一張你想要的髮型照片，問美容師能不能做到，如果美容師跟你說很難，或是成功率很低，那你最好當天洗個頭就走出來，不要硬做下去！

美・容・大・王
經驗談

剛出道當新人時，要做什麼造型都不是自己可以決定，但是當我終於可以自己決定造型時，我就堅持不抹膠、不刮髮、不燙髮、不染髮、不上捲子（這些都是十分傷髮質的行為）。如果要讓頭髮服帖，就是只能噴水。如果當天有很重要的派對或是頒獎典禮，需要固定髮型，我最多只接受護髮素，就是平常你去美容院他會幫你弄的那種護髮素，黏黏的，可是那也只有在大型頒獎典禮或是對我來說很重要的派對場合才可以這麼做。

美女必看——
其他 hair care 備忘錄

◎備忘 1 ：頭髮保濕

在頭髮微濕狀態時，我會搽毛鱗片液，裡頭含有一些卵磷脂成分。品牌我倒是沒有特別推薦的，我目前使用的叫做麗得康（REDKEN）整髮液，在一般美容材料行都買得到。只要兩、三滴抹在髮尾上，就可以讓頭髮柔順好吹理囉！

◎備忘 2 ：頭髮隨時隨地防曬

我出門的時候，絕對不可能讓我的頭髮曝曬在太陽下，雙手一定隨時撐著洋傘！如果你是喜歡游泳、喜歡去海邊玩、喜歡曬太陽的人，本大王建議你最好選擇不需要柔順閃亮的髮型，染個顏色、剪個層次或是燙一下，因為柔順長髮是禁不起陽光曝曬的！

我出門還會戴鐵面人遮陽帽，但就算是戴著我都還是撐著傘。拍戲的時候，也一直等到正式拍的那一刻，才把洋傘移走。

◎備忘 3 ：分叉一定要剪

有人說分叉不能剪，說是剪一根會長三根，就像拔白頭髮一樣。可是我覺得分叉一定要剪的，而且有一根剪一根，否則分叉就一直在那裡。將分叉頭髮剪得差不多了，再去好好地保養自己的頭髮，髮質就會變好囉！

◎備忘 4 ：吃天然的頭髮保養品

吃海帶、芝麻會讓髮質變好。我從高中開始就下定決心要讓髮質變好，所以每天都吃海帶。只要把頭髮的底子打好，接下來就算對它做一點點傷害，髮質也不會輕易變糟或變脆弱。

除了海帶，聽說黑芝麻也不錯。本大王如果去甜品店，或是誰在煮湯圓之類的，我就會特別選擇芝麻的口味來吃。

◎備忘 5 ：盡量不染髮

染髮真的很傷髮質，就算是傳說中的護髮染我也嘗試過，但也還是傷髮質。聽說現在最流行的是植物染，可是那種染法

也會讓頭髮變得很乾燥。

但如果你是自然捲必須離子燙，又想讓頭髮看起來髮質好，教你個妙方：燙離子燙後再將頭髮染黑！一般拍洗髮精廣告的 model 其實都有把頭髮染黑，選深藍色或深紫色染料，頭髮看起來就很亮很黑。

◎備忘 6 ：和慕斯、定型液說掰掰

像慕斯、定型液這些造型品我真是很久很久不用了！因為這些造型品都含有酒精成分，每天使用，會使你的頭髮掉得和斷得更厲害的！

◎備忘 7 ：這樣綁頭髮就不容易掉髮

留長頭髮的人最方便的就是綁馬尾。最近最流行的綁馬尾的方法是：把髮頂亂亂地、鬆鬆地抓起來綁，之後再用尖尾梳或手將髮頂弄得看起來像是一撮撮的，頗有歐美風格，也比較不傷髮質。

但綁馬尾時前面的頭髮難免會被拉緊，很容易掉，我想到一個辦法，就是把前面的頭髮稍微修短一些，有一點層次，綁馬尾時前面的頭髮就綁不到了。但剪完層次頭髮一定會看起來毛毛的，你最好找一位老練的師父，他不一定要剪出最時髦新潮的

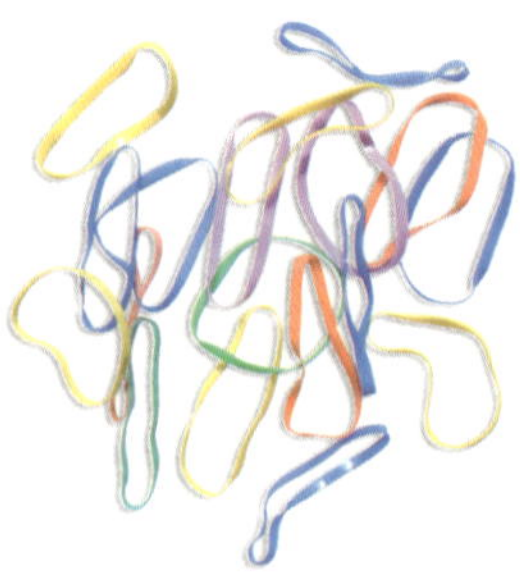

髮型，但他的剪髮技巧一定要很高超！

另外用什麼來綁頭髮也是大學問。例如，四方柱狀的橡皮筋對你的頭髮非常非常傷，將它拆下來時還會緊緊地咬住你的頭髮，讓頭髮斷裂，所以千萬不能用。

還有一種橡皮筋是扁的、亮面的，那種就非常好用，可以用來綁小撮小撮的頭髮，就是我們常在屈臣氏看到的那一種。但如果你是要綁整束馬尾，還是得用圓柱形的鬆緊帶。反正記住，綁頭髮就是要用圓柱形的，不能用四方柱形的喲！

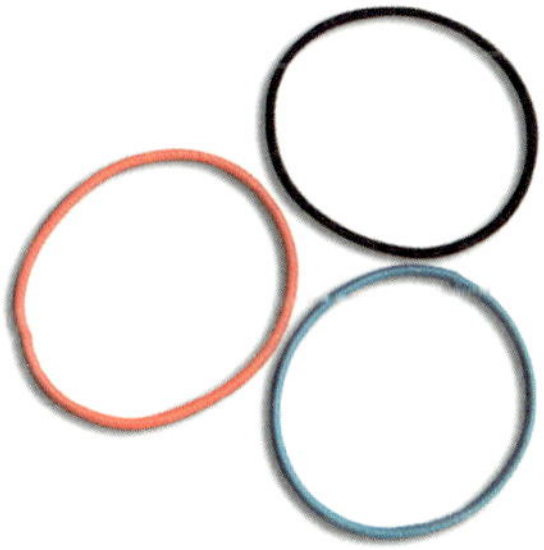

◎備忘 8 ：如何讓頭髮長得快

希望頭髮長得快一點，或是有某一個區域的頭髮被你扯斷了很多，市面有產品可以使你的頭髮長得比較快。例如資生堂有個長青產品叫『不老林』，用它來搽頭皮，頭髮會長得快又濃密。另外，想讓頭髮快速生長可以使用含有海藻成分的洗髮精，像是在美容藥妝店裡賣的海藻生薑洗髮精，它會讓頭髮長得很快，可是頭髮也會因此變乾，用完後要記得加強潤髮。

而如果你有頭皮過敏或是頭皮屑的問題，除了用坊間賣的相關產品，本大王還是建議你去找醫生，尋求專業醫療的幫助才能徹底解決問題的！

●圖片提供：資生堂 SHISEIDO

PART 3 THREE

超自信美顏
完全養成！

一分耕耘，一分收穫

不管你的天生長相或是外表條件有多糟，其實只要靠保養，很多底子都可以重新改變，譬如皮膚黑的人經過一段時間保養就可以變成皮膚白的，像大王我本來是皮膚滿黑底的人，可是我非常努力讓自己變得跟衛生紙一樣白，結果，我現在真的白得像衛生紙囉！另外我曾經失手將睫毛全部剃光過，所以有一陣子的我是完全沒有睫毛的，但是我就是有辦法憑著努力讓它全部重新長出來！我要再次提醒大家，世上沒有醜女，只要努力耕耘，就會有美好的收穫！

既然再醜的女生都能靠保養變成美女，那要從幾歲開始保養最恰當？本大王覺得，你什麼時候開始使用化妝品，就從那時候開始美容保養就對了！

一般的青春女學生，平日根本不化妝，

如果沒有特別破壞自己的皮膚，何苦還要在臉上塗一些有的沒的，就只要好好專心注重清潔就可以，不需用什麼特別的保養品，有什麼保養品會比青春更棒呢？

像我姊姊是從來不化妝的，她就只要注意好好地清潔，另外只要針對當時皮膚有什麼狀況，像是忽然長出了痘痘，或是需要去角質時再去做處理就好了。

美容大王教戰守則——

去角質讓肌膚光采明亮

去角質是我很早就知道的美容方法，我認為不論是男生女生都要去角質。厚厚的角質堆在臉上，髒東西出不來，保養品也進不去，肌膚看起來當然就沒有光采囉！

特別是有一種人一定要去角質，那就是每天化妝的人。如果你卸完妝、洗完臉後，發現臉色看起來不均勻，又有像是粉刺或雞皮疙瘩之類的顆粒，代表你的角質層真的太厚了，一定要去角質！

◎去角質秘笈一：磨砂膏效果強

如果你的角質層非常厚、毛孔非常粗大，去角質自然是用磨砂膏比較好。不過要用哪種產品來去角質，最好還是要看皮膚狀況再決定。磨砂膏我推薦DHC，它沒有什麼泡沫，也沒有洗潔劑，就是單純的磨砂膏。

◎去角質秘笈二：凝膠和酵素效果溫和

但是若你的皮膚敏感又容易破皮，代表你的皮膚比較細，用磨砂式的去角質品反而容易導致反效果，容易囤積黑色素，建議你用酵素性的面膜凝膠來敷臉，溫和的去角質。

◎去角質秘笈三：輕輕去掉嘴角、鼻翼角質

有些人的鼻翼、嘴角容易囤積黑色素，這代表你皮膚上這些地方其實是很敏感的。如果因為它黑，你又拚命去搓它，它會變得更黑。消除這些部位的角質最好的方法，就是敷臉！

◎去角質秘笈四：果酸產品小心用

Face

市面上有很多果酸成分的去角質用品，但果酸成分效果強烈，大概比較適合騎機車的男生吧，他們臉上的角質層真的很厚。一般女生，尤其又是常常洗臉的女生，用果酸產品若是沒有拿捏好，可能會過度刺激。所以，對於果酸產品，除非你的角質層真的很厚再用它，否則真的要小心使用。

美・容・大・王
經驗談

歸納說起來，造成你膚色黯沉的可能性有三種，一種是你吃了調經片或避孕藥的副作用，二是你的角質層太厚，第三就是你天生的膚色比較黃。
這些用美白來改善就很有效。我特別推薦生活美容中心的紅酒面膜，它能活絡皮膚的血液循環，讓皮膚看起來閃閃發亮！

無瑕沒斑點的皮膚最優質

像芝麻般地撒在臉上的小斑點，是許多女人心中最大的痛，看了就會叫人生氣和心煩。雀斑或曬斑還容易解決，但是肝斑或是天生就有的斑，這兩種斑一輩子都不會離開你的！雀斑、曬斑這些比較淺層的斑，可以勤敷面膜來改善，我很推薦SK II的集中淡斑水凝膜，你可以用在斑嚴重的部位，每天連續敷它，效果會一天天顯著。此外做脈衝光也會有顯著的效果，打脈衝光若說不痛是騙人的，但是它的疼痛度應該是一般人都能忍受的範圍。

●圖片提供：SK II

不過如果是肝斑或是天生的斑就麻煩囉！像本大王的臉頰天生就有兩塊斑，我從小到大非常痛恨它，想盡各種辦法，就算打脈衝光也打不掉。醫生說我的斑是天生就有的，除非做雷射才去得掉，因為雷射能處理更深層的皮膚構造，但問題是，做完雷射後的部位不能曬太陽、不能上妝，可是我每天都必須工作必須化妝，更何況雷射做完後可能幾個月之後又會長回來，哇，那不是要一直雷射下去，太麻煩啦！

所以，如果你和我一樣有這種不易消除的斑，建議你敷面膜讓它變淡一點，或者在化妝時用些蓋斑膏來遮囉。

毛孔細緻的秘密

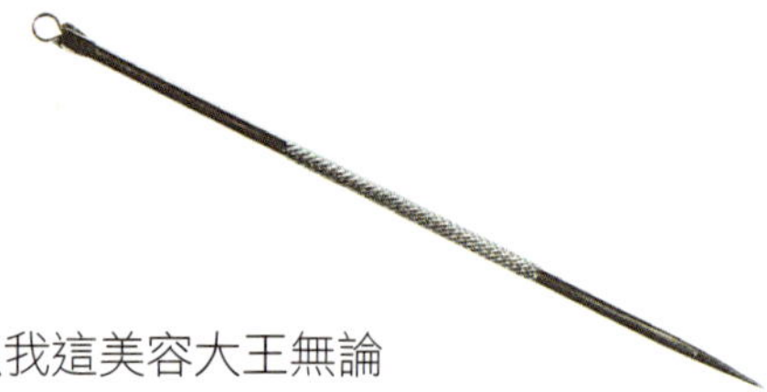

毛孔大，不美觀又有礙肌膚健康，所以我這美容大王無論如何都不讓毛孔變大，因為一旦毛孔大了，就會越變越大！通常粗大的毛孔裡容易藏粉刺，所以縮小毛孔前要先解決掉粉刺問題。很多人覺得粉刺、痘痘不能擠，可是你不擠它就永遠在那裡，就算你用再多縮小毛孔產品都縮不了毛孔的！

如果你的粉刺是比較淺的那種，定期去角質就能好好改善了，但如果你的粉刺是比較深的那種，建議你用擠痘棒來處理。先用溫水洗臉，再用溫毛巾敷臉讓毛細孔稍微打開一點，圓圓那一端在使用前先用藥用酒精棉片、或用化妝棉沾茶樹精油消毒，再輕輕地刮你的粉刺。要是還有頑強粉刺刮不出來，就代表你需要去醫院看皮膚科醫生了。

另外有個去粉刺的方法本大王不建議你用，就是妙鼻貼！我曾經用過，撕下來後我鼻子的皮都破了，除非你是男生或者是皮膚超強壯，否則最好不要用！

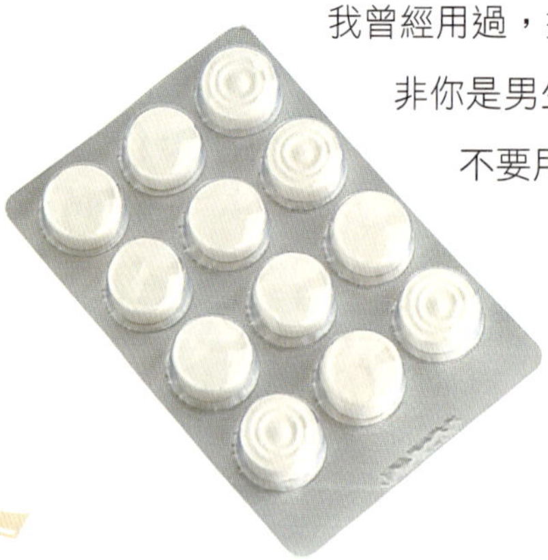

清理完粉刺後，就可以動手縮毛孔囉！美妝店有賣一種一顆顆的硬幣式棉質面膜，用小杯

子裝入些可收縮毛孔的化妝水，像是雪肌精或是肌膚之鑰，再把這種硬幣式的面膜丟進去化妝水裡，它很快會張開，變成完整的面膜，方便你敷全臉。

用完化妝水後，一般人會再搽些乳液面霜來滋潤皮膚，但通常毛孔粗大的人皮膚比較油，一般的乳液面霜對油性皮膚的負擔有些重。建議你改用精華液，它介於乳液和化妝水中間，質地比凝膠還細，很適合油皮膚或是過敏膚質。

美・容・大・王
經驗談

前面提到的雪肌精和肌膚之鑰裡，都含有些許酒精成分，有的皮膚容易過敏的女生用起來可能會覺得皮膚有點癢癢的。我另外再推薦一瓶Kiehl's的小黃瓜化妝水，它沒有酒精，搽上去比較溫和舒服，我每天搽，覺得毛孔一天比一天還細緻呢！

●圖片提供：Kiehl's

戰痘秘笈不藏私大公開

很少人是完全不長痘痘的！痘痘若已經冒出白頭，那還真是幸運，你自己可以在比較不傷害皮膚的狀況下把它擠出來。但如果是暗瘡的話，建議你就算是只長出一顆也要看醫生，自己擠萬一臉上留了痘疤可一點兒也不划算！

美容大王教戰守則——

超神效戰痘妙方

◎妙方 1 ：貼撒隆巴斯

如果你發現臉上長出紅紅的一塊，而且壓下去會痛，代表它是一顆即將冒出的大痘痘。這時候你可以用撒隆巴斯剪成蓋住痘痘的大小，在家裡貼著它，一段時間後它就會消了。對於偶爾長痘痘的人來說，撒隆巴斯還真的挺有效，但你若是長期冒痘痘、內分泌失調的人，這個方法可能對你沒有效的。

◎妙方 2 ：用除痘面膜

吳英俊醫師的英爵聯合診所賣一種除痘面膜e-do，是睡前用的，少則敷一兩個小時，長則可以敷一整個晚上。我長期看

●圖片提供：英爵聯合診所

著我的朋友敷這種面膜，痘痘的狀況真的改善很多哩！

◎妙方 3 ：搽茶樹精油

偶爾長痘痘可以使用茶樹精油稍微搽一下患部，因為茶樹是治療痘痘非常好的成分。但是使用茶樹精油前一定要先稀釋，再用棉花棒沾在你的痘痘上。一塗上茶樹精油你會立刻感受到痘痘收縮了。我都是使用 AROMABAY 這個品牌的精油。

◎妙方 4 ：看醫生

除了臉上，背部也是容易長痘痘的地方。痘痘長在臉上可能是控油的問題，痘痘長在背上則可能是身體健康有問題，也許跟你的內分泌有關，如果背部常長痘痘，就必須去看醫生。我推薦一家優德診所，它是真正治痘痘粉刺的大專家！

肌膚乾燥緊急 SOS

有些人在換季時皮膚乾到發癢，有些人則是因為長期待在空調房裡，使得皮膚乾到像掉漆……如果皮膚老是乾乾的，又不去加強保濕或是滋潤它，它很快就會像花一樣缺水凋謝！通常皮膚乾燥的人，膚色會黯沉，而由於皮膚常脫皮，也容易局部堆積黑色素！

美容大王教戰守則

防止乾皮膚 SOS

◎ SOS 1 ：每天敷臉

每天都要敷面膜，例如在美妝店就買得到的 Lifecella 果凍面膜，對於保濕滿有效果。

◎ SOS 2 ：喝膠原蛋白

大部分臉部乾燥的人，身體也很乾燥。我推薦大家喝 FANCL 的膠原蛋白飲料，它可以改善你全身的膚質。但是要注意，吃素的人不可

●圖片提供：FANCL

以喝這種膠原蛋白飲料，因為大部分膠原蛋白的原料都是來自動物。但膠原蛋白是一種很容易流失的成分，在經濟條件許可情況下，建議你要維持一直喝膠原蛋白，持續補充。

SOS 3 ：吃燕窩加牛奶

燕窩是美容聖品。以前本大王每天都吃燕窩加牛奶來保養皮膚，但吃素之後我決定不吃小燕子的家了。但當時吃燕窩加牛奶時，我發現它真的有滿好的效果。

大王愛用的 臉部清潔保養品

我曾看過一個報導說，化妝水其實沒有存在的必要，如果你的皮膚沒有毛孔粗大的問題，可以不搽化妝水。但我建議大家還是要常用化妝水比較好耶！諸如此類的迷思，只要有認真保養的美眉一定都遇過，像我也是花了很多的錢、時間和心思才得到經驗的。

下面是一些我用過覺得很不錯的產品，不見得是最貴的，不過我使用後都很舒服，質地也很容易吸收，大家可以參考參考哦！

◎超推薦 1 ：精華液

大王我覺得化妝水在保養程序中還是第一個用效果最好，接下來可以選擇只用精華液，或是搽上精華液之後再搽上乳液。我覺得精華液真是一個很好的發明，它容易吸收，又不油膩，不管是美白還是保濕效果，都非常好用！

我推薦英爵聯合診所的美白精華液，但它只能在晚上搽喔！

◎超推薦 2 ：資生堂 UV White 美白精華液

我推薦資生堂 UV White 白色瓶裝的夜間美白精華液，它搽起來很清爽，很容易被皮膚吸收！想找這款精華液，請向資生堂東京櫃詢問吧。

●圖片提供：資生堂 SHISEIDO

◎超推薦 3 ：資生堂 UV White 優白洗面皂

洗面乳我也推薦資生堂 UV White 的優白洗面皂，用它洗臉，覺得臉特別清爽。

◎超推薦 4 :KOSE 的黛珂系列

如果你是過敏性皮膚，不管搽什麼保養品都會長肉芽、長紅點、或感覺皮膚癢癢刺刺的，推薦你用 KOSE 的黛珂系列，這是特別為敏感性皮膚設計的產品，包括精華液、日霜、晚霜、眼霜和洗面乳，溫和又有效果哩！

臉部的毛毛不見囉

身為美容大王的我發現，在所有的臉部保養裡，大家最常忽略『毛』的問題！

第一是鼻毛，很多女生忘記剪修鼻毛，一笑鼻毛就露餡了，實在太難看！第二是鬍子，很多女生是大鬍子美少女，鬍子顏色深又多。我知道鬍子非常難處理，又不能刮它，拔它又非常痛。推薦你用Sally hansen出的一種叫作漂鬍劑的東西，嚴格說起來應該是漂寒毛劑才對，是朋友在美國幫我買的。不過，我真的不知道這個品牌的漂寒毛劑台灣買不買得到，但 Sally hansen 在台灣有推出其他產品，也許你可以請美妝店幫你查詢看看囉。

告別討厭的黑眼圈

儘管是尊貴為大王的我，也覺得黑眼圈非常難處理。很多人不知道黑眼圈是怎麼造成的，通常鼻子過敏的人，都會有黑眼圈，睡眠品質不好、失眠，或常常熬夜的人，也容易有黑眼圈。黑眼圈最好解決方法是睡美容覺（但對鼻子過敏的人效果有限），美容覺的黃金時間是晚上十一點到三點，這樣睡一個禮拜，熊貓眼就會神奇地自動消失，包括眼袋也是一樣喔！

但你如果無法睡美容覺，就去敷眼膜、搽眼霜吧，它們也能改善你的黑眼圈，但是這種外在的保養，只能暫時減輕症狀，睡美容覺還是最有效的方法。

我還聽說過一種激烈的手段，就是用蜂螫處理黑眼圈。國外的蜂螫是用來治血栓症的，中國卻用蜂螫處理黑眼圈！我不知道這種方法是不是

美・容・大・王
經驗談

有一種日本進口叫MTM的眼膜，我用過覺得效果不錯，它連眼睛的細紋也能消除。另外，La Prairie這個品牌的眼霜也很好用，它是凝膠狀，用了不容易長出小肉芽，不過凝膠比乳液和乳霜刺激，敏感肌膚要小心用囉。

●圖片提供：MTM

真的可行，畢竟沒有任何醫學證據來證明蜂螫療法有效，我並不推薦，也沒有膽去試！

　　但我曾經嘗試過脈衝光除黑眼圈，確實是比眼膜和眼霜有效，但也沒辦法完全消除黑眼圈。所以，還是睡美容覺吧！當個睡美人比較便宜又實在！

血絲不要爬滿我的眼

要當超級美女，絕對不能容許眼睛佈滿血絲！

如果你熬夜到凌晨四、五點才睡，就算睡到中午醒來，恐怕還是會變成滿眼血絲的醜女！真的沒時間睡，那就睡十一點到三點這段黃金睡眠期，短短的四個小時也就夠了，真的沒辦法在十一點上床睡，那至少也要在一點上床，睡一點到三點，反正盡量不要晚過一點睡啦！

此外，長時間看書、打電腦會讓眼睛十分不舒服，你不妨利用空閒的幾分鐘，轉動你的眼睛，多做眼睛運動會看起來比較靈活，黑白分明。我最近看一個中醫就是這樣教大家的，當作眼珠也要每天做做美容小運動。運動方式很簡單，就是上下左右繞圈圈，非常簡單。

看《美容大王》到這裡，中場休息一下吧，喝杯水，也讓你的靈魂之窗運動一下，左三圈、右三圈，上下左右再三圈，然後閉目養神幾秒鐘，記得，每隔一段時間就要做這個眼部美容操喲！

不要讓細紋佔據眼尾

大王我覺得魚尾紋有它的小小魅力呢，如果男生笑起來有點小魚尾紋，其實還滿好看的，包括有些女生也是，但是眼睛下方眼袋部位的細紋，就一定得要去處理保養它！

關於眼睛用的保養品，我有過慘痛的經驗。我曾經不小心把含有酒精成分的眼部保養品搽進眼睛裡，當時我的眼睛瞬間刺痛到猛掉淚。另一次的主兇是卸妝油，導致我整天都視力模糊……所以在你寶貴的眼睛上使用保養品或卸妝用品時，一定得非常小心才行！

部分品牌的眼膠可能含有酒精成分，如果它的酒精成分已經重到讓你眼睛不舒服或長出小肉芽，就是不適合你。不見得最貴的東西都是最好的，藥妝店或是百貨公司專櫃，通常都會做每個月的消費排行榜，只有好口碑的產品能登上排行榜，而且它們通常並不貴呢！

美容大王教戰守則——

如何徹底隔絕眼部小細紋

◎守則 1 ：溫柔對待它

絕對不能揉眼睛四周的脆弱肌膚！化眼妝的時候也不能用手強力地將它往下拉，尤其是在畫下眼線時！如果真的必須碰到這部分，也一定要輕輕地，或是先用粉撲墊著，輕輕地壓！

◎守則 2 ：用冷水洗臉

這個秘方也是我從一個五年級女藝人那邊聽來的。她告訴我不管天氣怎麼冷，她都堅持只用冷水洗臉，這會使全臉皮膚（當然也包括眼部皮膚囉）不容易產生細紋，毛孔也會變小變緊實，而且皮膚看起來會比較白呢！

◎守則 3 ：搽眼霜＆敷眼膜

眼霜早晚各搽一次。眼膜就算拍戲沒有時間，我一個禮拜也會敷兩到三次。如果你眼睛周圍的皮膚還算健康，一個禮拜或兩個禮拜敷一次眼膜也 OK！

正確搽眼霜的方式是：下眼皮用中指指腹慢慢地往外推，不能往內，會產生皺紋，要輕輕

●圖片提供：英爵聯合診所

地，千萬別用力拉到眼皮變形，力道的微妙只有你自己最清楚。上眼皮則是從眼尾推向眼頭。簡單來說，就像以眼頭為起點，逆時針繞一個圈圈囉！

另外本大王再推薦一瓶英爵聯合診所抗老精華液，它本來是為臉部設計的，但我將它用在眼睛上，也相當地改善了我眼睛的細紋！通常我將它搽在大拇指下方突起的金星丘上，搓一搓，搓到一定熱度後蓋住眼睛然後輕輕往外推，如此一來整個眼睛都能塗到，手上的熱度更能幫助皮膚吸收！

◎守則 4 ：拒絕紫外線傷害

如果你要去烈日曝曬的地方，像是打高爾夫球、去海邊玩，建議你要戴個墨鏡。紫外線不但讓你長斑、變黑，還會使你長小細紋，遠離它才是上策。

美・容・大・王
經驗談

你當然不能一輩子都用同一個品牌的保養品，但也不需要快速地換品牌。一種產品若你第一瓶用了覺得不錯，通常用到第二瓶之後皮膚會對它產生抗藥性，效果會變差，所以同一種保養品用到第三瓶就差不多可以換囉！

金魚眼超速救急法

誰不會眼睛腫，美女有時也會有凸槌的時候，睡前喝太多水，或是那陣子比較疲累，眼睛都可能會腫成金魚眼！

有些消腫偏方很流行，例如我在 PART ONE 裡介紹過的薏仁水，不過喝薏仁水是全身性的消腫。還有一種不是那麼健康的消腫法，就是喝黑咖啡。很多藝人早上起床先喝黑咖啡，臉部的腫很快就會消失，效果奇佳，不過這可是十分傷胃，我這美容大王不建議你太常這樣做喔！

另一個更變態的方式，就是冷水裡面加冰塊，然後憋住氣把整個臉泡進去，這招挺有效！可是除非很必要，像是當天就要拍結婚照，或是當天就要試鏡，才需要用這種極端的手法。否則，平常在吃早餐時配杯黑咖啡，這樣就能消水腫了。

前陣子新聞曾報導用紅茶包來敷眼睛，可以消水腫兼消眼袋，這樣的做法是錯誤的，它會造成眼睛四周的過敏。而大王我也真正試過，其實真的沒有什麼太好的效果。如果你真想在短時間內擺脫金魚眼，用毛巾包冰塊冰敷眼睛是最快的，但不要太用力壓，這應該是最天然也最快速的方法。

水漾魔唇煉金術

雙唇水水嫩嫩，不管是男人女人，都會覺得超性感的吧！

唇色深的美眉，我這美容大王建議你用唇蜜來改善唇色，而不是用條狀口紅。唇蜜的顏色不能太亮，用比嘴唇顏色再淡一點點的顏色最自然。如果你的唇色是深紅色，就用較透明的紅色唇蜜；若是深咖啡色的，就用淡淡的咖啡色系唇蜜。唇蜜塗在唇部中間就好，不用特別強調嘴角，也不用特別勾唇邊。

另外不同膚色的人，適合用的口紅色系也不同。皮膚白的女生適合粉紅色或大紅色，而皮膚黑的女生最適合的就是橘色系或淺咖啡色系口紅喔！

美容大王教戰守則

魔漾美唇煉金術

◎魔唇術 1 ：重清潔

嘴唇最重要的是卸妝和清潔。我推薦植村秀的卸妝油，它可以幫你將所有的妝卸得很乾淨。用卸妝油輕輕地搓，等所有的唇彩都看不見了之後，再用清水洗掉。但卸一次不夠，要再重複卸一次才算徹底喔！

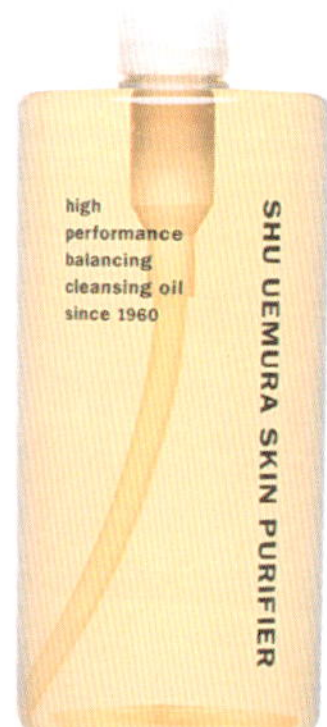

●圖片提供：植村秀 SHU UEMURA

◎魔唇術 2 ：愛用護唇膏

想寶貝你雙唇嬌柔的肌膚？我推薦非常好用的 Kiehl's 一號護唇膏。這種護唇膏有兩種，如果你常外出嘴唇又乾的話，它還出了一種防曬係數 15 的護唇膏。有些人的嘴唇曬太陽就是會變黑，先搽上防曬護唇膏再上唇彩，不但可以防曬也可以避免細紋產生哩！

◎魔唇術 3 ：熱敷

另一種保養方式，將 Kiehl's 的一號護唇膏或是凡士林，厚厚塗一層在唇上，然後剪一個嘴巴形狀的保鮮膜黏著，再用熱毛巾敷在嘴上。如果想重點加強，你可以再擰熱毛巾多敷一次。撕掉保鮮膜後，你會發現嘴唇柔潤許多喲。當然也可以不用保鮮膜，只要在睡前搽很厚很厚的護唇霜，隔天起床嘴唇也會變得柔柔潤潤！

◎魔唇術 4 ：保養唇色

本大王相信只要你平常好好保養，嘴唇的顏色自然就會變得好看。何況嘴唇的顏色很多是天生的因素，東方人天生的唇色多是朱紅色，還挺好看的，就算是天生唇色黑的美眉，只要確實做好清潔與保養的工作，也能有效改善唇色的！

另外有人說眼霜可以拿來當唇霜，我自己則覺得不需要到這麼強烈的手段。況且塗在嘴唇上的東西，很容易吃進肚子裡去呢！

◎魔唇術 5 ：處處呵護

如果你的嘴唇沒什麼特別問題，一個月熱敷一至兩次就可以了，但是護唇膏是每天、甚至你沒事時都該要塗的，要塗口紅或補口紅，也一定要先塗護唇膏再上口紅。另外，不管你要卸口紅或是擦嘴，動作一定要輕，因為嘴角皮膚很脆弱，容易破皮。也盡量不要用衛生紙擦嘴，用柔軟的面紙比較 OK。

還有，千萬不能在嘴唇乾的時候一直舔它，越舔會越乾，最後甚至會演變成脫皮！如果冬天的嘴唇已經乾燥到生出白白的脫皮小屑屑，化妝師教過我一個妙方，將棉花棒沾了熱水後塗上嘴唇乾燥脫皮的地方，停個兩三秒，等它溫度稍降後再輕輕搓掉那些死皮，輕輕鬆鬆，撕皮屑撕到流血這種事就再也不會發生了！

美・容・大・王
經驗談

我曾用過珍珠粉敷嘴唇，效果不錯。就是將珍珠粉適量倒在手上，用大量護唇膏調和搓一搓，然後塗在嘴唇上。這種方法很變態，嘴唇會變得很白，但聽說也有保養效果。傳說中珍珠粉是保養聖品，搽哪裡都有效。可是我天生的唇色不深，用完後淡化唇色效果不明顯，但保養效果我覺得還不錯哩！

美肌養成水嫩備忘錄

說了這麼多關於臉部的清潔保養秘招，接下來本大王要來談談體內環保這個概念。如果你本身是個生活、飲食不正常的人，就算再怎麼認真保養，效果也多多少少會打些折扣的。下面是我送給大家的兩點備忘錄。

◎美膚備忘 1 ：少抽煙少喝酒

如果你真是戒煙戒酒戒不掉，那也請你在睡前盡量不喝酒，盡量不抽煙，更不要一起床張開眼就先抽一根煙。

至於酒，我還是奉勸各位美女一定要少喝，因為喝酒容易讓皮膚過敏。很多人找不出皮膚過敏的原因，其實是對酒過敏，而又可能只是對許多酒中的某一種酒過敏，或是酒精濃度到達一個程度才開始過敏，但是美女們在不知道的情況下還是一直喝。酒不是不能喝，但千萬不能酗！

◎美膚備忘 2 ：吃得越清淡越好

飲食習慣方面我非常鼓勵大家吃素，膽固醇過高、尿酸過高的人，吃素對改善這兩種問題相當有幫助。但是也不一定每個人都適合吃素，像有些需要高能量的人，包括運動員、年輕男性、常上健身房的男藝人，吃素以後可能會體力不夠，他們需要肉類的蛋白質。

但若你是一般的 OL ，吃素就非常好，不管是皮膚、氣色、心情以及排便狀況，都會有明顯的改善。如果你已經開始吃素，或是想要嘗試吃素，但怕體力不足，可以每天早上起床喝一杯熱豆漿加生雞蛋，這可以增強你的體力。

PART 4 FOUR

就是要白得徹底！

姐姐妹妹愛美一起來

除了我這美容大王樂此不疲地追求美麗之外呢，小Ｓ和朋友們也都受到我的影響。她們都知道我追求皮膚一定要白到底才可以，所以也開始要求自己的皮膚絕對要白皙。受到本大王的影響，我周圍的朋友個個都是大美女呢！

所有我訪問過或是接觸過的藝人，我一定都會注意看他們是否有在保養，再決定他們在我心中的分量。因此，許多傳說中的大美女、小美女、電眼美女，我都會在看過她們本人後再去心中評估一下，決定自己給她們的評分是多少。

有一位香港女藝人，她出道非常久了。她是五年級的，年紀也比我大了不少，是個出了名的大美女。當我看到這位香港女藝人的本尊時，真是十分震驚，更深深體會到美容之路不是我所想的那樣簡單。

這位大美女的皮膚真的是吹彈可破，臉上光滑得連一條皺紋都沒有，手腳的指甲也都修得十分乾淨漂亮，形狀適中。她的髮型也十分適合臉型，髮質很好。儘管每次出現的造型不同，但是不管怎麼樣的打扮，都可以見到她的牙齒、露出來的手臂和腳部……每一吋每一吋都非常細緻好看，簡直就像是一幅名畫般賞心悅目！經過訪問後本大王才知道原來她十分注重自己的保養，難怪從出道到現在她的大美女地位一直都屹立不搖！

一定要贏的美白大競賽

我愛白，我希望肌膚白得很徹底，白到沒有絲毫血色也無所謂，越白我就覺得越美！

我對美白做了很多很多實驗，上一個單元裡我也曾說過，本大王個人的目標就是希望能和衛生紙一樣白。但最近常有觀眾在節目中傳真進來告訴我，說我最近已經白得不像衛生紙了，而是像日光燈一樣，白到發亮了！！！這是我聽過最令我高興的讚美了，也代表我的美白保養真的很有成果！

美容大王教戰守則——
讓自己白得像日光燈的戰略

◎戰略 1 ：層層防曬

首先，美白最重要的工作就是防曬。很多人覺得出門前一定要搽防曬油，但我覺得物理性防曬更好——絕對要拿遮陽傘！

買洋傘時要注意傘裡是否有個標籤寫明這把傘是抗 UV 的，也就是這把傘真的可以防紫外線（一般的傘其實是抵抗

White

不了紫外線的）。當然市面上也有賣兼具擋雨和抗 UV 的兩用傘。通常標籤會縫在雨傘裡靠骨架內側的地方，或是在它的價格吊牌上就有標明抗 UV 作用。

另外，出門一定要穿長袖的衣服。很多人覺得這點很難受，因為在大熱天裡你可能要騎機車，或是在外頭到處跑辦事，免不了會流很多汗。但我還是堅持：『情願熱死也不要曬太陽！』

在拍戲時本大王時常面對酷熱環境，但不管如何我都一定穿長袖。像我拍『戰神』時，從頭到尾都是穿長袖，就算是在夏天的墾丁也是一樣。我經歷過比大家更痛苦的忍耐酷熱經驗，有多難受我完全了解，但看到我的白，你就會知道堅持是值得的！

除了撐洋傘、穿長袖，還要再戴上帽子才算萬無一失！

但一般的帽子可能會弄亂你的頭髮或是妝，所以我都用一種『鐵面人』遮陽帽，它不是整頂蓋住頭的那一種，只有前緣一大片突出來，還可以將前緣拉到最大遮住整個臉。就是你去做完雷射臉部手術後，醫生會發給你遮陽的那種帽子啦！想自己買的話，到寶雅生活館也可以買得到喔！

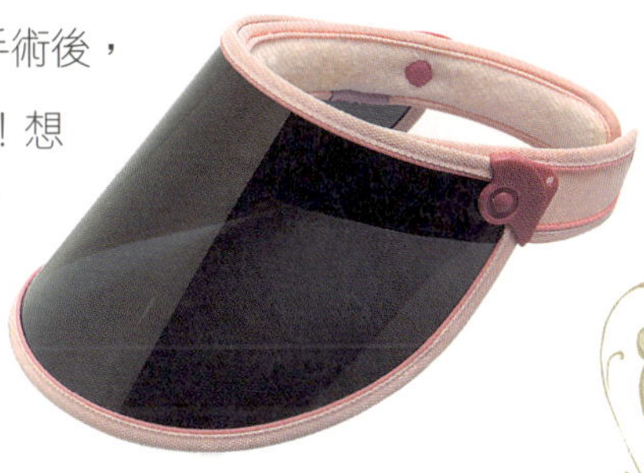

◎戰略 2 ：搽臉部隔離霜

就算你是不太化妝的人，也一定要搽些臉部的隔離防曬霜，而且 SPF 值要從 30 起跳。如果你至少會搽粉餅，那麼就一定要用防曬粉餅。市面上許多品牌都出產防曬粉餅，但我推薦Chanel的，這一款粉餅打著不但防曬而且有美白效果，這個粉餅搽起來雖然輕透，但遮瑕作用很不錯。

臉部的隔離霜我則推薦露得清的臉部隔離防曬乳，另外 Chanel 的隔離霜也不錯！不過 Chanel 的隔離霜最好是要化妝才用，因為它含有一些珠光成分，如果不化妝只搽這個，整個臉會亮亮的，感覺很怪。但是如果你搽了這款隔離霜再去上粉，看起來就會滿均勻，皮膚也會很粉很剔透喲！

◎戰略 3 ：必要時才搽身體防曬乳

有人說，不只臉要搽防曬油，身體也要每天搽防曬油。但身體防曬油它非常難卸，不僅會沾上衣服，每隔幾個小時還要補搽，洗澡前又還要先為身體卸妝，才洗得掉它。除非你要做戶外活動，或是每天騎機車曝曬在太陽下，不然防曬油其實不太需要搽。平常撐洋傘、穿長袖上衣、長褲加上帽子，臉部又搽防曬乳，保護得已經滴水不漏相當周全了。

美白敷臉要持之以恆

美白產品多得讓人眼花撩亂，但是大王我在這裡鄭重呼籲，任何美白產品的成分裡，只要有熊果素這個成分在，就都不能在白天使用！！

熊果素雖然有美白效果，卻也有吸光效果，如果白天用很容易讓你變得更黑。大王我就曾經吃過這個虧！熊果素一推出時就造成大熱門，我立刻買了一堆熊果素產品，結果搽了以後出門拍戲，卻發現越搽越黑、後來問了醫生才知道，含有熊果素的美白產品必須在夜間使用啊！

有的產品在廣告中會標示它含有熊果素，但如果沒標示，產品的標籤又是外文，請教專櫃小姐是比較保險的方法。我現在採取的方法是晚上做美白，白天做保濕和防曬。這樣就不怕會在白天用到含有熊果素的產品了。

除了防曬與吃美白食品外，

敷臉也是非常非常重要的一環。

臉上各式各樣的問題，都可以用敷臉來改善。我幾乎是每天敷臉，並且會針對當天的皮膚狀況選擇不同的面膜來敷臉。但是請注意，若是含有酒精成分的面膜，或是屬於深層清潔效果性質的面膜，是不能每天敷的！

美容大王教戰守則

大王愛用的美白面膜

◎愛用 1 ：亮白淨化面膜

這是我幾乎每天都要敷的面膜。我特別推薦寵愛之名的亮白淨化系列，它其中有一款亮白淨化面膜，不管你是什麼膚質都適用，大王我之所以能白得從衛生紙進階到日光燈，這款面膜是頭號功臣之一喔！上這個網站：www.thebeautyhouse.com.tw ，你就能買到這款超好用面膜。

◎愛用 2 ：水嫩美白面膜

SKII 的水嫩美白面膜，是可以每天敷臉的超讚產品。另外還有一款曾登上日本藥妝店美白排行榜的第一名的 Infinity masage mask ，但在台灣好像買不到耶！

◎愛用 3 ：紅酒面膜

在 PART THREE 裡，大王我介紹過一種神奇的紅酒面膜，是可以每天敷的！以前我聽人家說過這種面膜，但是卻不知道它的功效為何。後來我去了一家美容中心，裡面的醫生也推薦我用紅酒面膜，我記得醫生跟我說，你要美白的話可以敷紅酒面膜，但是它的效果不是那麼強；你有毛孔問題的話也可以敷紅酒面膜，效果也不錯；若你很忙的話也可以敷紅酒面膜，一天十五分鐘就可以洗掉。他一直提紅酒面膜，卻提不出紅酒面膜到底最直接的強項主打效果是什麼。於是我抱著姑且試一試的心態來用。

那段時間我正在拍戲，但是每天收工後我都敷紅酒面膜，結果發現，我臉上原本因為拍戲勞累在額頭長的一些過敏的小東西，竟然因此消失了！而且臉也變得更飽實、更明亮！！一天一天敷，效果也一天比一天強，然後本大王終於了解醫生說不出紅酒面膜究竟哪項強的原因——它改善的是肌膚整體啊！

◎愛用 4 ：維他命 C 面膜

另外在藥妝店出售的 Lifecella 果凍面膜也可以每天敷，它分為維他命 C 鮮橙面膜與保濕面膜兩種，都很平價又好用。

至於其他類型的面膜，像是含有酵素成分的面膜、有化妝水浸泡的面膜、有酒精成分的面膜，本大王就不建議你每天使用了。

美・容・大・王
經驗談

想美白，你一定要給自己起碼一個月的時間。想敷一天或一星期的臉就變白，這絕對是作夢！如果你有這種心態，很容易會灰心，更會很輕易就放棄。美白的時間單位是要用月來計算的，一個月一個月地算，下個月可能只比上個月白一點點，這是想變身成白皙美女的你，一定要做好的心理準備！

身體百分白，美麗百分百

怎樣才稱得上是百分百美女，大王我認為全身上下每一吋肌膚都要水水嫩嫩的才算是！藝人裡就有不少這種全身上下肌膚都水嫩美白的優質美人，為什麼她們可以做到，很簡單，每一吋肌膚都注意保養。

想要全身肌膚美到不行，最重要是不能便秘。便秘的人因為新陳代謝不佳，皮膚一定不會好。有些方法能改善便秘：一是早上起床先喝加奶精的熱咖啡，或冰牛奶；二是一起床就喝 500cc 的水；三是七喜汽水加檸檬，這不是一大早喝的，而是當你已經便秘了好幾天，試不出辦法，就不妨試試囉。

另外，中醫也常推薦一種辦法——揉肚子，用右手順時針方向揉肚子，若你的便秘不是非常嚴重，揉完肚子後就會感覺腸子開始咕嚕咕嚕地蠕動，若是便秘非常嚴重的人，效果就不太明顯。醫生還教了我另一個方法——起床後蹲在地上，蹲差不多十分鐘就會想上廁所了！

不管是背、頸、肩，或是整個身體的皮膚，我推薦大家可以多泡美容澡。當然清潔是非常重要的，天天用身體海綿洗澡，如果容易有角質，也要定期的磨砂。

美容大王教戰守則
——全身美白重點加強

◎全身美白 1 ：泡玫瑰精油

大王我推薦大家用玫瑰精油泡澡，在放滿水的浴缸裡，滴進幾滴，不需要特別加其他東西。市面上也有販售一些玫瑰沐浴乳之類的產品，事實上含有玫瑰成分的產品對於身體美白都會有一點效果，但是還是精油的效果最顯著！

泡澡可以增進血液循環，泡完後你會覺得整個身體發亮，但是一定要泡半身浴，盡量不要泡到胸口的心臟部位（由於水溫和水壓的影響，很多人泡到胸口會有喘不過氣來的感覺）。如果你的心臟夠強，泡完澡或是洗完熱水澡後，可以再用稍涼的水沖一下身體，這可以讓你身體的皮膚更緊實，也更加強血液循環。

◎全身美白 2 ：用左旋 C 美白

若你是局部皮膚較黑，有種奢侈的辦法效果顯著——拿臉部美白乳液來搽這些部位。本大王就是那種奢侈的人啦，因為我都直接用臉部乳液來搽身體，而且還會在乳液裡滴入左旋 C 哩！左旋 C 一般都是滴管式的，加入身體乳液一起搽，美白效果不錯！

美・容・大・王
經驗談

洗完臉搽臉部乳液時，順便按摩按摩頸部吧！若是你的頸子已經長出細紋了，也可以藉著手部按摩來改善喲！將兩隻手搓熱，由下往上輕推，不需要太用力，你自己感覺舒服就行了，如此一來，頸部的皮膚就不太會有皺紋問題了。按摩頸部的乳液用量不必多，用搽完臉部後手上多餘出來的乳液就夠囉！

吃出肌膚的水嫩白皙

想當衛生紙或日光燈，也要吃得很講究！想要像我這美容大王的皮膚一樣白的話，有些食物是絕不能吃的，包括九層塔、香菜、芹菜、紅蘿蔔和木瓜。九層塔、香菜和芹菜含有吸光劑，吃了它們之後遇到陽光皮膚容易變黑；紅蘿蔔和木瓜則因為它們本來就是紅色的，吃多了之後曬得偏紅或是偏黃，這些都是醫學資訊上已經證實的。

我有一位朋友希望自己的皮膚可以曬得健康黝黑，長期吃紅蘿蔔與木瓜來加強，再跑去曬太陽，結果把膚色曬得黃黑黃黑的，有夠神奇吧。所以如果你想美白又天天吃紅蘿蔔和木瓜，就算保養到不行也不會很白的啦！

還有一個原則本大王很堅持，就是黑色的食物我統統不吃，像是醬油、黑醋、咖啡等等，除非我必須要消腫，才會喝黑咖啡！我以十幾年的美白經驗告訴大家，要美白就要多吃下面的這些食物：維他命Ｃ、杏仁、牛奶、豆漿和珍珠粉！

◎美白大補帖１：維他命Ｃ

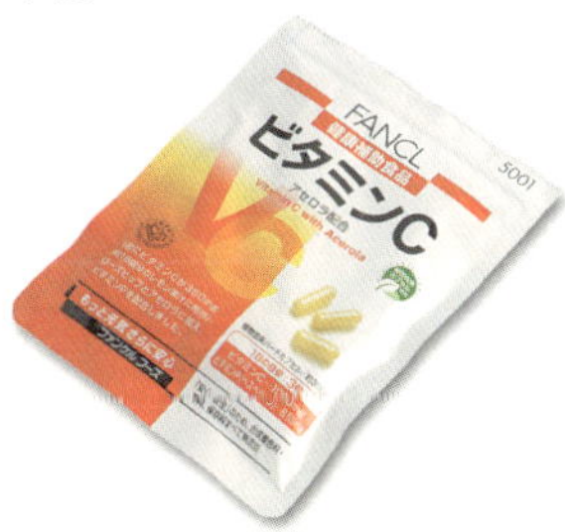

維他命Ｃ含有美白的作用，但是維他命Ｃ最好吃維他命Ｃ膠囊，或是發泡維他命Ｃ錠，就是

丟在水中會發泡溶解的那一種，而且要早晚都吃。因為維他命C就算攝取過多，也會隨著尿液排出，不會囤積在體內，需要時晚上再補充一些也無妨。至於維他命C口含錠或是維他命C軟糖，效果就很有限了。

◎美白大補帖 2 ：杏仁

杏仁和維他命C一樣，必須每天喝。在牛奶或豆漿裡泡入杏仁粉，天天喝美白效果也可以很快看出來。

◎美白大補帖 3 ：珍珠粉

不知道是不是巧合，我覺得白的食物吃了容易變白，像杏仁、牛奶、豆漿、珍珠粉啦都是白色一族。在市面上有賣一包一包裝的珍珠粉，每天早晚服用，也有不錯的美白效果。

珍珠粉還可以和面膜調在一起敷臉，調在護唇膏裡頭用來護唇，調在護手霜裡用來護手。它在我的美白補帖排行裡總是列前幾名喔！

◎美白大補帖 4 ：豆漿

吃素之後我發現，豆漿除了能美白外，還可以補充體力。如果你肉吃得比較少，或是早上起床後常常沒精神，可以在起床後喝一杯打了一顆生雞蛋的熱豆漿，如果怕胖就不要加糖。最近我還聽到傳說，說豆漿加生雞蛋有豐胸的神奇效果哩！

◎美白大補帖５：鮮奶

鮮奶也是我非常喜歡的飲品，我早上起床如果沒喝豆漿，就一定會喝鮮奶。睡前喝熱鮮奶能幫助睡眠，早上喝冰鮮奶可以解決宿便。而且你會很明顯的感覺到，早上喝過鮮奶，一整天的體力會比較好。最重要的是，鮮奶是白的，我總覺得喝鮮奶也有輔助美白的效果呢！

但同樣也是白色的優酪乳，我覺得它的美白效果就不強了，不過在優酪乳裡加綠茶粉，能幫助排便。只是，優酪乳的熱量其實滿高的。

有一些美眉的困擾是局部皮膚比較黑，我最近在醫學報導中看到，如果吃了醫生開的調經片，或是長期吃避孕藥，都會使你的額頭、腋下和胯下這三個部位的皮膚暗沉。如果你必須吃避孕藥或調經片，就必須在這三個部位加強美白囉！

牙齒要健康，也要美白

我曾經公開說過很多次，大王我全身上下最滿意的地方就是牙齒，因為它既健康又整齊，加上我注重美白，讓我幾乎對它無所挑剔！

牙齒對於美容來說真的很重要，不曉得大家有沒有發現，只要是被歸類為美女的女生，不管她是東方人還是西方人，不管她是雙眼皮還是單眼皮、黑皮膚還是白皮膚，她的牙齒一定很美。

所以不管你幾歲，只要醫生認為你還可以戴牙套，就一定要戴。戴牙套不舒服或不美觀，就只是那幾年，可是牙齒健康卻是一輩子的。尤其牙齒的健康和你身體的健康是息息相關的。

牙齒的美容，整齊自然是第一考量，其次就是美白。我本身沒矯正牙齒的必要，因為我的牙齒天生健康又整齊，不過我卻很注意美白我的牙齒。我做過各式各樣的牙齒美白，像是最新流行的冷光美白，但做冷光美白超痛，照的時候簡直要酸到腦子裡去了，回家後還要繼續酸軟個三天！！雖然我超怕痛，但是冷光只要做一次就會有很明顯的美白效果，如果你不是經常喝咖啡、抽煙的人，加上每天都用美白牙膏確實地刷牙，做

一次冷光可以維持好幾年，但就是要強忍住痛啊！

更早之前我也試過雷射美白，雖然也痛，但是這種痛是比較能忍受的。做完雷射美白還必須搭配做一附透明齒模，醫生會給你牙齒美白劑，要你擠在齒模裡頭，然後回家咬著它。早期擠在齒模裡的美白牙齒劑，要一連使用七個晚上才能見效，可是最新的牙齒美白劑是一個月只需要用一個小時，就可以維持美白效果了。

但有的人不抽煙，也不喝咖啡和茶，牙齒維持得還不錯，只是有點黃黑而已，這樣的人可以不做冷光或是雷射美白，洗牙就夠了。但如果你是天生牙齒黃，就要做一次大的美白，之後再去好好地保養維持。

大王我覺得美白牙齒只要做一次就夠，接下來就是要乖乖地做輔助維持的工作，牙齒就可以一直維持得很白。像是剛剛提到的透明齒模加上美白牙齒劑，這東西可以用一輩子。

另外現在有一種美白牙齒筆，它的前端有刷頭，睡覺前刷在每一顆牙齒上，隔天早上起床再刷洗掉，也有不錯的美白效果。一般牙科都有賣這種美白筆，它和我剛剛說的美白牙齒劑都是Brite Smile這個牌子。

還有一種叫做百齡牌的潔克美白牙粉，這個產品一般超市就有賣，我每天用它來刷牙，牙齒也一天比一天白喔！

我每天至少花上十分鐘刷牙。刷牙的方式很重要、選擇牙刷也很重要，牙刷最好是鋸齒狀的，不要選平頭狀的，這樣牙縫才會刷乾淨，因為牙縫最容易堆積牙穢和沉積色素了。正確的刷牙方式要從牙齦向上往牙齒刷，一次兩顆兩顆的刷，傳統的橫向刷法並不正確，既傷牙齦又刷不乾淨。

還有如果你是容易長痘子的膚質，千萬不要用含氟的牙膏，要用鹽性牙膏！氟和游泳池裡添加的氯，都會使你的皮膚長青春痘，很多人都不知道這一點呢！

很多女藝人一笑起來，就看到她嘴裡有黑色的補牙痕跡，我覺得非常不雅觀。想當大美女，補牙的材料也要注重。現在新的技術是電腦鑲瓷，將蛀牙部分挖掉，用電腦算出精細的補牙形狀，由於材料是白色陶瓷，美觀堅固，可以維持非常久。不像銀粉，說不定在補完幾年後吃東西時突然掉了！

另外，智齒是使用不到的牙齒，要盡量拔掉。智齒很容易變成蛀牙，黑掉了不但不好看，還會影響到其他牙齒，甚至影響到牙齦。有些人智齒不拔掉，把前排本來排列得美美的牙齒給擠亂了，咬合也因此變差，實在很可惜喲！

美・容・大・王
經驗談

各位大美女們，刷牙時，舌苔記得一定也要刷哦！我常看到很多女生拍大頭貼時，吐舌頭裝可愛，但是舌頭上卻有一層厚厚白白的舌苔，真的很破壞畫面。女生有舌苔，就是糗，用牙刷輕輕地從內向外就可以刷掉舌苔，愛美就是每個小細節都不能忽略掉！

掌握第一手訊息，美容無罩門

想當個稱職的美容大王，還得要有零時差掌握第一手美容訊息的好本領！

大多數人的美容資訊是看雜誌、聽朋友講，或是直接看廣告就去買新產品。但是，美容資訊與醫學是有很大關係的。尤其現在是高科技時代，所有美容產品與技術都與最新發展出來的生化科技有關，所以報紙裡所有的生活類版面，都是追求第一手美容資訊者必看的！

我尤其推薦大成報的生活版，它是我吸收美容醫學資訊最好、最快、最正確的地方（不是在替它宣傳，是因為我真的每日必看，而且收穫多多）。像什麼國際美容醫學會議、什麼美容展或最新的商品資訊呀，大成報都會登出來，一些有趣的流行美容新知大王我也都不會漏掉！看雜誌當然也不錯啊，不過雜誌因為一個月出刊一次、或一週一次，資訊傳達慢了點。

再說雜誌文章的篇幅比較長，有時候筆調顯得冗長，雜誌美容編輯還常常會加入自己的觀念，甚至順道推薦一些美容保養品，常讓我懶得全部看完，或是感覺它摻雜了太多不必要的內容。所以大王我覺得看報紙是獲得美容醫學資訊最快、也最豐富的地方啦！

除了我喜歡的大成報生活版，其他各大報也有生活版、消費版、醫藥版，我建議各位如果有時間的話，所有的生活、家庭版面統統都要看，這些版面裡除了美容資訊、婦女病、生小孩、憂鬱症、心情調適的報導，有時也會請中醫師說明保養觀念與美容保健資訊！

但是時尚資訊就一定要看雜誌，因為雜誌會針對流行風潮做完整的解析，也會對品牌的背景做詳細的介紹，當然是多多益善囉！

PART 5 FIVE

身上任何小地方
全都不放過！

狂愛逛日本藥妝店

我這美容大王是挺喜歡藥妝店的，藥妝店有很多值得推薦與開發的商品，逛起來特別有趣。每次只要去日本，我一定會逛藥妝店逛到腳軟。像日本新宿地下街裡有一個專賣排行榜前十名商品的藥妝店，像是減肥食品排行榜前十名啦、美白產品排行榜前十名啦，只要我進去，就會把排行榜上的產品狂掃一空，然後回家慢慢地一瓶瓶試用囉！

我覺得日系的保養品比較適合亞洲人，不管是洗髮精、臉部還是身體的保養品都一樣。歐美系的我當然也會試用，有些產品也令大王我十分驚喜，像是之前曾介紹過的克蘭詩翹臀霜，還有碧兒泉的消除橘皮組織系列產品，也滿適合東方人。

我真的認為美容保養產品不見得貴的就是好，藥妝店排行榜上的產品通常就不錯用囉！台灣屈臣氏和康是美排行榜上的開架商品，就是又便宜又平民化啊！

有自己的style，走自己的風格

這是一個很值得分享的觀念，只有適合自己的style才是真美！

例如有些女生穿衣服有自己型，也許極簡、也許另類，不見得華麗，就會讓人印象深刻，這些人通常也懂得把自己保養得很好，從毛細孔、手指甲、頭髮乾淨與基本的保養都見得到她們的用心，我會對這樣的女生刮目相看，相信她們以後不管做什麼事情都容易成功。

學生也是一樣。現在的學生普遍講時髦，年輕人當然不太需要花那麼多時間保養，但是她們追求時髦的時候，品味和獨特的style就要擺第一。年輕人就算長青春痘也是青春無敵，本錢雄厚，這時候要比的就是服裝品味。如果一個年輕人穿得年輕時髦又好看，我就會覺得這個年輕人的審美觀不錯，將來應該也會有不錯的人生。可是有些年輕人只會一味盲從，不但穿著品味很糟，連指甲都是髒兮兮的，一些身體清潔的工作都不去重視，我就會覺得這種年輕人令人害怕！

大王我覺得只要有自己的風格，即使穿戴的不是名牌，走路也可以很有風喔！

至於男生要不要美容？我覺得這是看職業需要。

最近看到報紙報導説，男生整形的比例大大提高了呢！而會去整形的男生，多數都是為了工作的需要。第一類男生的工作主要是業務員或是主管，需要融洽的人際關係與外表印象，這一類的男生比較常要求的是除皺紋。第二類則是有意要進軍演藝圈的男生，或是已經在藝能界發展中的男藝人，他們通常會去做牙齒和雙眼皮的整形。

愛美絕對無罪，管他女人男人，只要是美，就值得去努力追求！

我自己就覺得男生的皮膚保養很重要。不管你做什麼行業或年紀多大，清潔永遠擺第一。男生也許不需要做太多的保養，但是一個禮拜一定至少要做一次去角質，讓自己看起來有好氣色！

美・容・大・王
經驗談

我偶爾會去參加一些時尚 PARTY ，看到有些社交名媛穿著很昂貴的衣服，化很濃的妝，但是她們身上的肉看起來都鬆鬆垮垮的，臉上角質層又很厚，就算穿著再名貴的衣服，也大大的減分！只注重外表穿著的華麗與名牌的高價格，卻不注重最基本的保養之道，這種女生我滿不欣賞！

呵護寶貝睫毛的不敗妙招

沒有女藝人不注重睫毛的，因為眼睛會不會放電，關鍵全在它！

當本大王化妝時，最重視的也就是畫睫毛。也由於我時常在寶貝的睫毛上畫睫毛膏，對睫毛的保養也特別注重！到這裡本大王要強調一個美容保養的基本觀念，就是你對身體的任何地方做了兩分的傷害，就要花三分力量加倍去保養，這是我堅守的保養原則喔！

美容大王教戰守則——

呵護睫毛不敗 4 妙招

◎不敗妙招 1 ：要輕柔地卸

有些眼部卸妝品要倒在化妝棉後再壓在眼睛上抹掉，現在還出了一種標榜能輕鬆卸掉眼妝的卸妝棉，廣告裡模特兒將卸妝棉按在眼睛上再拉開妝就掉了，可是這種方式會讓睫毛掉得很兇，也卸得不夠乾淨。

我最喜歡的眼部卸妝品還是植村秀的卸妝油，臉上不管什麼部位的妝，它真的都能卸得掉喔！卸眼妝時卸妝油要多擠一點，眼睛閉上，用手指蓋在睫毛上再輕輕地往下推。一定要很輕很輕很輕，也許要花久一點的時間才卸得下來，也總比睫毛被拉光划算囉！

◎不敗妙招 2 ：每個細部都要徹底清潔

如果睫毛上還有些結塊，就在食指與大拇指上多擠些卸妝油，輕輕地搓掉這些頑固份子。

◎不敗妙招 3 ：至少卸兩次

差不多卸乾淨了，可能眼睛旁邊也出現一圈黑，這時用水就沖洗得掉了。卸妝一定要做兩次，不管是身體、臉部還是眼睛都一樣，洗臉也要洗兩次才行。

◎不敗妙招 4 ：定期保養滋長

市面上販售很多種睫毛增進液、保養液。其中有些產品是膠狀的，但這種膠狀保養液會凝結或是黏住你的

睫毛，當你睡覺時，睫毛一劃過枕頭，可能會使睫毛被勾掉。所以我推薦 Talika 睫毛增進液，它也可以拿來刷眉毛，相當好用。

如果你這陣子睫毛掉得兇，或是你希望睫毛快快生長，可以早晚都刷。它主要的功能在於增長，也許你發現用了它之後會多生出一點點睫毛，但是睫毛的數量是不會從很少變成很多的！

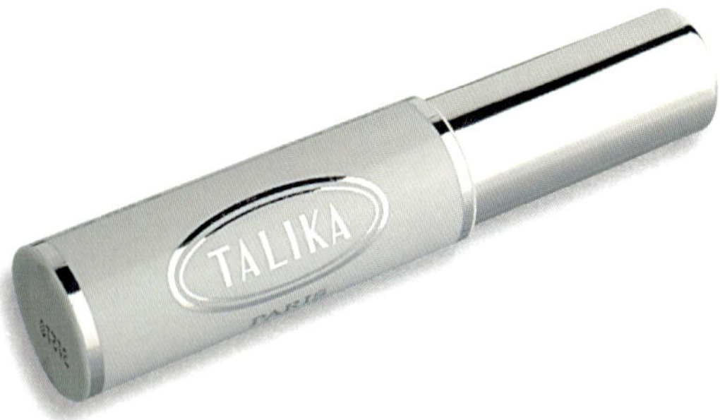

當電眼美人必學的刷睫毛訣竅

我花了很多時間去摸索適合自己的妝！

大王我剛出道時流行的是強調眼影及眉型的妝。當年的藝人很多都將眉尾甚至整個眉毛都剃掉，再畫成俗稱巨星眉的山形細眉。眼影部分則是眉骨一定畫白，然後眼窩畫出凹陷效果，搭配上大紅或深咖啡色的口紅，還要描唇邊，睫毛與眼線倒是其次了。

那時的我也畫這種妝，但覺得一點都不像自己，很醜！眼睛看起來好腫！！於是我開始嘗試各種眼睛的畫法，也嘗試畫腮紅，在一次次不滿意中，我逐漸發現自然妝最好看，淡淡的妝最適合我了！

後來，韓國藝人在台灣逐漸受歡迎，我開始研究為什麼韓國女生的臉看起來自然又精緻？我將她們的照片仔細地研究一遍，發現韓國女生很喜歡用眼線液和假睫毛，她們的臉部或許沒有什麼色彩，可是眼線一定用眼線液畫得很黑很細，再貼上假睫毛。但是眼線液的使用難度實在太高了，就算每天畫也可能一個禮拜裡只有兩天是成功的，其他不是畫得抖抖的就是畫太粗，所以我只好放棄眼線液囉！至於韓國女生愛用的假睫毛，我也並不愛用，因為當你撕掉它時，自己的睫毛一定也容易跟著掉呢！

最後大王我發現，將睫毛膏畫得厚厚的，眼線畫得細細的，眼睛看起來也會很明亮，不需要用到什麼色彩，眼睛就會看起來很深邃喲！

美容大王教戰守則

魅力電眼 4 訣竅

◎電眼訣竅 1 ：只用黑色睫毛膏

我最喜歡的睫毛膏品牌是 Maybelline 以及 Lancome，我只用最黑色的睫毛膏，多數的品牌最黑的睫毛膏是 Dark Black ，最深的黑色。我們東方人的眼珠是黑色的，所以用黑色的最好看，眼睛看起來也會更明亮。如果你像西方人一樣，眼珠子是藍色、綠色或褐色的，才適合用其他顏色的睫毛膏喔！

◎電眼訣竅 2 ：刷得又翹又濃

本大王很喜歡將睫毛膏畫得很濃很誇張，或將睫毛膏弄得一顆一顆的黏在眼睫毛上，反正睫毛膏畫濃一點效果真的挺好的。但請你一定要記得，正確步驟是先刷上一層睫毛膏，然後用專門梳睫毛的小梳子把睫毛輕輕地梳開，之後再刷一層。可以用兩種不同的品牌交替刷上四、五層，睫毛就會看起來非常濃！

◎電眼訣竅 3 ：怕流汗或脱妝就用防水睫毛膏

如果你會大哭、淋雨或是需要曬太陽流很多汗的話，那建議你用防水睫毛膏，但是防水睫毛膏真的很難卸。儘管很麻煩，你還是一定要耐心細心地去卸它。

◎電眼訣竅 4 ：種睫毛要很小心

我也曾試過種睫毛，它是用一種可以固定比較長時間的膠，將一撮一撮的假睫毛黏在睫毛根部，用持久型睫毛膠黏的那一撮可以維持約一個月，一般的大概一禮拜就會掉了。很多女藝人或特殊行業需要常化妝的女生，會嘗試自己種睫毛，但副作用滿嚴重的，就是當假睫毛掉的時候，自己真的睫毛也會跟著一起掉！

如果你打算親手種睫毛的話，持久性的睫毛膠，在 make up forever就有賣。但是它的難度很高，因為很刺激又熏眼睛，會讓你大量掉眼淚，所以一黏上去要立刻用小吹風機或扇子趕快速吹乾。如果你種睫毛的技術不好，膠用得過多，它會結成一個個小顆粒凝結在睫毛根部，只要一眨眼睛你就會覺得很難受喔！

眉型自然就是美

大王我覺得天然的眉型最好看！算命師為什麼喜歡看眉毛，那是因為每個人的眉毛都有他天生的個性，不過，要當個真正的大美女，眼皮上的雜毛一定要統統拔掉喔！但眉峰部位的雜毛，除非你的技術真的非常非常好，或是你真的非常非常不喜歡自己的眉型，或是你已經找到一個技術非常好的人可以幫你修眉，否則我覺得除了眼皮上的雜毛，其他部分還是別拔才好。

這點我可能是受了林青霞的影響吧，仔細看林青霞的眉毛，她是連雜毛都不拔的人，但整個臉就非常的自然好看！更何況，現在已經開始流行自然眉了，所以大王我覺得除非你的眉型是炸開型的，或是眉毛過長像郝柏村那一型的，才需要修剪！

但如果你平常熱愛搞怪，愛做龐克之類的造型，那麼要怎麼對待你的眉毛，就隨你高興，本大王不便干預囉！

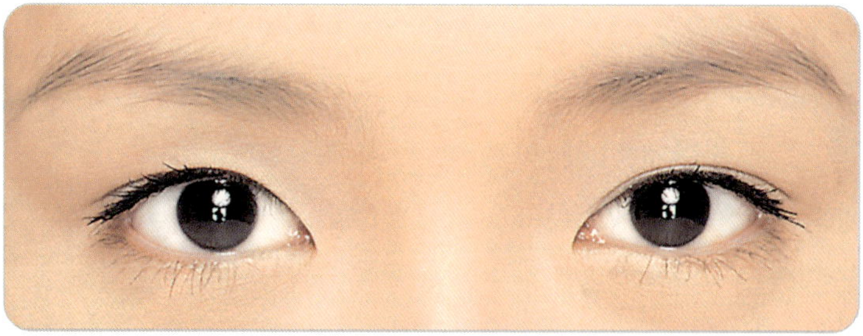

美容大王教戰守則——

美化眉毛 3 大招

◎招數 1 ：滋養眉毛

通常睫毛增進液擦在眉毛上也會有效果，如果你失手把眉尾剃掉又長不太出來，不妨試試睫毛增進液吧，用我前面推薦過的 Talika 就行了！

◎招數 2 ：染眉毛

大王我覺得畫眉是件非常困難的事，我現在只用那種類似睫毛膏的眉毛染料刷來刷眉毛，用一般的咖啡色就可以，因為東方人的眉毛本來就夠黑了，再用黑色染料顏色會不自然。

眉毛染料刷的包裝看起來就像睫毛膏，打開之後也有像睫毛膏一樣的刷子，只是染液比較不濃稠而已。我都在日本的藥妝店買這類的產品，每天只要輕輕地刷，眉毛就變得更有魅力呢！

◎招數 3：依個人需要修出好看眉型

絕不要用黑色的眉筆畫眉毛！如果你天生就眉毛少，或是你必須要畫你喜歡的眉型，現在有畫眉粉，不一定要用到眉筆。畫眉粉是用小刷子沾點粉，然後在眉毛上刷開來，效果非常自然！

不過，有一種女生不適合自然眉，那就是喜歡把皮膚曬成古銅色的女生，這種女生比較適合個性派的眉毛。還有，留劉海的女生也要注意，除非你的劉海長到能蓋住眉毛，否則還是建議你把眉毛修得稍細一點，因為粗眉再加上劉海，會讓人覺得你的上半臉太沉重了！

另一種一定要修眉毛的人是一字眉，如果你的眉心長毛，一定要修掉，有一字眉的女生，看起來男子氣太重了，實在很嚇人！

Perfect

拔眉修眉超簡單

很多美女一聽到要拔眉毛就嚇得花容失色，別怕，拔眉毛只是小 CASE ，多拔幾次就能熟能生巧囉！

拔眉前第一步，就是要選好的拔眉夾，像本大王我最愛用在屈臣氏和微風廣場都買得到的品牌tweezerman。它的尾端很利，可以拔出非常細小的毛，連寒毛都拔得起來，我和小 S 連腋毛、鬍子都用它來拔！

有了好的工具，就大膽的拔吧！先緊緊夾住眉毛的根部，慢一點沒關係，不用急，要確定夾子夾好了，再一口氣給它拔掉！手法就像媽媽在廚房裡拔豬毛（這樣講好像不太美觀）！

關於痛，我只能說，愛漂亮一定要做某種程度的必要犧牲，但是，只要你的動作熟練了，拔眉毛不會造成流血，也不會導致發炎，大概拔過三次，你就會完全不覺得痛了喲！

像小 S 喜歡用剃刀剃眉毛，因為她覺得這樣子眉型比較整齊，她喜歡眉毛很有形，邊邊都修得整整齊齊的。可是這樣修眉，後來長出來的毛的根部就會變粗，毛細孔看起來會有一點一點黑黑的，難拔又剃不掉！所以我強烈建議雜毛要用拔的，不但不容易再長出來，失敗率也比較低！

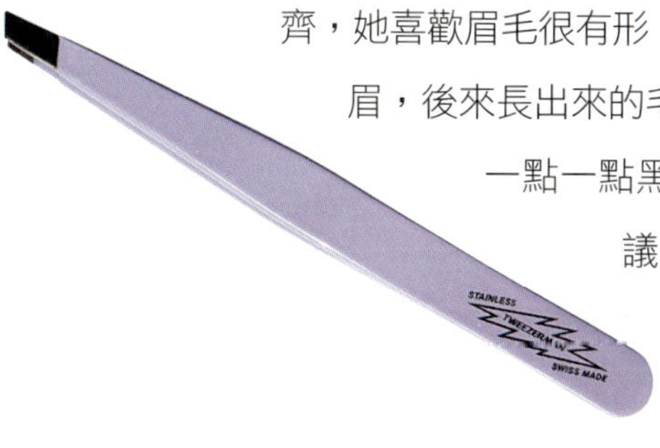

創造自然雙眼皮的方法

很多藝人小時候是內雙，長大之後卻變成了很多層的雙眼皮，秘訣就在於美眼貼。可別小看它哦，有了它雙眼就會變大又有神，放起電來也比較方便！

市面上最新款的美眼貼，是像貼紙一樣排列著，已經剪好了形狀，只要直接撕下來貼在眼皮上就好了，雖然方便，不過我覺得那種美眼貼其實比較不符合東方人的眼皮，因為它的彎度太過彎，前後端也都只是剪成圓形的，沒剪出尖形，這樣無法戳進眼皮前端的皺摺中，也比較不容易造成雙眼皮的自然迷人效果。

對於美眼貼，我最推薦的是嬌生的雙眼皮膠布，這種我覺得貼起來很自然，效果也不錯，它的厚度也剛剛好，不容易造成破皮和過敏。之前在一般傳統的美容材料行都買得到它，但現在嬌生公司已經沒引進這項產品了，也許上購物網站，還能搜尋得到它喔。

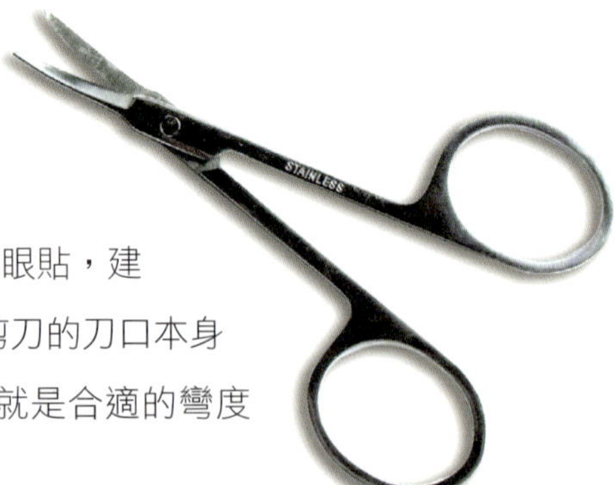

如果你買的是那種要自己剪的美眼貼，建議你去買一種美容用的剪刀，這種剪刀的刀口本身就有一個彎度，只要一刀剪下去，就是合適的彎度

了，不需要特別調整，很方便吧！

介紹完怎麼樣的美眼貼才好用之後，接下來本大王要教你貼美眼貼的正確方法囉！將美眼貼尖尖的部分，對準眼頭的皺摺線再貼上去，也就是說，美眼貼彎度的部分會超過你原本的雙眼皮，當你張開雙眼後，你的眼皮會順著美眼貼形成一個相當自然的雙眼皮，如果長期貼的話，聽說有的人也因此變成永久性的雙眼皮呢！像小Ｓ就是從國中時開始長期貼，貼了個幾年，眼皮竟然從兩層變成三層！

不過本大王在這裡要提醒大家，美眼貼若是每天貼，還是很容易造成一些傷害，因為它有黏度，撕下來時對眼皮多多少少會有點影響的。

耳朵也要美麗大作戰

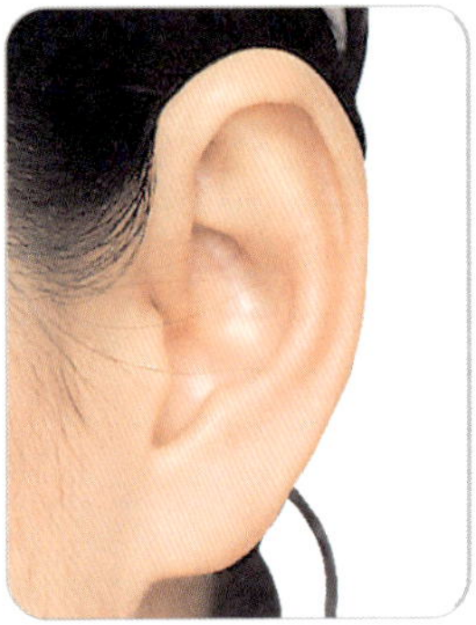

有沒有聽錯，耳朵也要美容兼保養？沒錯！觀察女人要從細微處看起，本大王就很愛看別人的耳朵乾不乾淨，美不美，符合標準的我才會稱她為美女。

當我寫這本書時，小 S 竟然告訴我，她一直都不知道耳朵原來應該用棉花棒清理！有人用衛生紙，有人就是搽臉的時候用毛巾摳耳朵，但是這樣摳也摳不到深層的地方，所以一定要用棉花棒才能徹底清潔啦！

市面上有賣一種前端是小鉤子的挖耳朵棒，其實現在有一種日本進口的螺旋狀挖耳棒，伸進去旋轉一下，就可以把耳屎輕鬆拉出來，這種挖耳棒在台隆手創館 Tokyo Hands 就買得到了。

除了把耳屎清乾淨，耳朵本身的清潔也有需要特別注意的地方。通常在化妝時粉底會延伸到小耳朵邊上，所以注意，卸妝時也要把耳朵邊上的妝卸得乾乾淨淨才行。另外，耳垂的背後很容易沾上卸妝油，所以當你在洗臉沖水時，這個地方也記得要沖洗到。至於本大王最注重的防曬，耳朵當然也不能放過囉，臉上的防曬品搽完，耳朵也要接著搽，當然晚上的清潔工作也不能忽略，只要注意這兩項，耳朵就不太會長粉刺、青春痘之類的，也不需要太多的保養工作了。

大部分女生都有穿耳洞，除了清洗與保養外，也要注意耳環的戴法。很多人戴耳環容易發炎，所以最好家裡準備著藥用酒精棉，在戴耳環之前，耳針先用藥用酒精棉消毒，消毒後耳針沾一點面速力達姆（它還有個名字叫曼秀雷敦，你要叫它小護士也 OK），再穿戴上耳朵，這樣就不容易使你發炎囉！

美・容・大・王
經驗談

當你手破皮或是身上出現一些小傷口，二話不說，從包包裡拿出面速力達姆塗了再說。面速力達姆是每個女生必備的保養品，它既是保養品又是藥品，身上什麼地方都可以搽，讓人很安心。我和小 S 也喜歡拿它來搽嘴唇，覺得涼涼的又很滋潤，對嘴唇有不錯的修護效果呢！

好好寶貝你的指甲

大王我曾經遇過一個皮膚科醫生，只要見到人留著長指甲就罵人，可見留指甲一定是件不健康的事。

想想看，女生睡覺的時候，常會因為頭髮蓋到臉上，或是因為蚊子飛來或臉上哪裡癢而伸手去抓，就算沒抓傷臉，指甲裡面的細菌也會跑到臉上，使你長出痘痘。如果你本身已經是痘痘臉就更慘了，指甲裡藏的污垢會讓你的皮膚更惡化。所以為了皮膚好，指甲不要留才對喔！

我自己在睡覺時會不自覺地抓脖子，脖子常被抓傷，所以一直都留短指甲。

那麼指甲要如何修剪、如何保養才健康呢？我這美容大王也有一大堆經驗可以跟大家分享！

美容大王教戰守則——

護甲 7 好招

◎護甲好招 1 ：搽指甲油前先上底液

搽指甲油前一定要先搽一層底液，不管是增厚液或是硬甲油都可以。搽了這一層，指甲油會變得比較好卸，卸了以後

指甲也不容易發黃或斷裂。

◎護甲好招 2 ：修厚皮

指甲旁邊的厚皮，可以先泡溫水或用溫水洗過手後，再用指甲硬皮銼刀搓掉，這種指甲厚皮銼刀不像指甲銼刀那麼粗，是專門用來對付厚皮的。千萬不要用剪刀剪厚皮，不僅容易剪到肉，也容易使長出來的新皮凹凸不平。不管是手還是腳的指甲，都要這樣處理喔！

◎護甲好招 3 ：愛用護手霜

我推薦露得清護手霜，這個護手霜是可以連指甲都一起保養的，它會讓你的皮膚與指甲都一起變健康。護手霜不是搽上皮膚表面就算 OK，而是要一根根指頭仔細地按摩，連指甲附近的硬皮和指甲表面也要這麼做。

◎護甲好招 4 ：搽增厚液加強保養

指甲要是有斷裂或是開花的問題，搽指甲增厚液能有效改善，L'OREAL 有出這款產品。

◎護甲好招 5 ：修剪得宜

剪指甲別太用力，更不要剪到肉裡，長度和指尖平行就好，稍微留下一條細白的指甲最好看。用專用指甲剪刀剪出大概的形狀後，通常會產生一些不規則的小凸角，這時再用指緣硬皮銼刀將它銼成整齊的形狀。至於是方形還是橢圓形，看你自己喜歡囉！

◎護甲好招 6 ：讓指甲休息

我曾看過李奧納多的專訪，他說他最不喜歡指甲油剝落的女生。一般的指甲油搽上三天就會有些輕微剝落，這時最好就把它卸掉，順便讓指甲呼吸一下新鮮空氣吧！

如果你覺得讓指甲休息時，空在那裡很醜的話，可以搽些指甲增厚液或是指甲保養液在上頭，它有透明亮面指甲油的效果，又兼具保養的作用。

◎護甲好招 7 ：做水晶指甲前要三思

我這美容大王也曾做過水晶指甲，不過要先忠告大家的是，那是一條不歸路！！水晶指甲是用水晶粉加上化學液體覆蓋在指甲上，形成固態後，再把多出來的指甲修掉，相當耗時。水晶指甲看起來亮亮硬硬的，還可以磨成成自己喜歡的各種形狀，它很堅固，上各種顏色效果看起來都相當漂亮。很多指甲比較小片的女生搽指甲油不好看，或是做指甲彩繪也無法滿足自己，就會選擇水晶指甲，藝人當中就有挺多人喜歡做水晶指甲的。

不過只要做了水晶指甲，每個禮拜都必須回店裡去補後面長出來的指甲，如果有天你卸掉了水晶指甲，你會發現自己的指甲變得又薄又軟又容易斷裂，這是因為指甲長期不使用，用水晶指甲替代自己的指甲，指甲就逐漸退化了。我就曾發生過這樣的問題，做了水晶指甲兩個月後去卸掉，但水晶指甲非常難拆，必須要用酒精包住，等軟掉再摳掉，摳不掉的還必須用磨刀來磨……這一趟折騰下來，我的指甲花了近半年才恢復正常，很受傷！

美·容·大·王
經驗談

推薦一個指甲保養系列品牌給你，她叫Sally Hansen，在一般藥妝店例如康是美、屈臣氏裡買得到，它針對太軟的指甲、脆弱的指甲、發黃的指甲……等等不同問題的指甲都設計了不同的產品，我自己就忠實愛用！

美美手腳美女必備

本大王覺得全身上下，手腳清潔的重要性絕對能排進前三名，不過很多女生都忽略了這一點，還抱著反正最重要的是臉和身材，手腳保養放到最後有空才去做，有的女生更認為反正腳根本也看不太到，不用太費神去管它吧！

如果我正好說中你的心聲，就算你的臉蛋再美，也不夠格稱作是美女啦。所謂的美女，是要連最細微的地方都很美，而且很講究保養才對啊！

美容大王教戰守則——

手腳保養心得

◎心得１：用洗手乳洗手

手常會接觸到臉部，而且日常生活裡我們的手常會接觸到許多細菌，所以用殺菌洗手乳才能完全清潔。

◎心得２：用護手霜保養

再次推薦露得清護手霜囉！這款護手霜質地比較濃稠，搽完後要過一陣子皮膚才會吸收，建議你最好是洗完澡後，身體其他的保養都做完了，接著先做腳的保養再輪到手。除了手，腳也可以搽露得清護手霜。

我另外再推薦一款 Jurlique Lavender 護手霜。這個香港貴婦人愛用的牌子在台北買得到，飛機購物上也有。你可以在洗完手、或是覺得手乾時頻繁使用它，它一下子就能被皮膚吸收，沒有到處沾染的問題。

另外有些護手產品是油質類，那種油質的護手油容易愈搽手愈乾，買之前還是考慮一下吧！

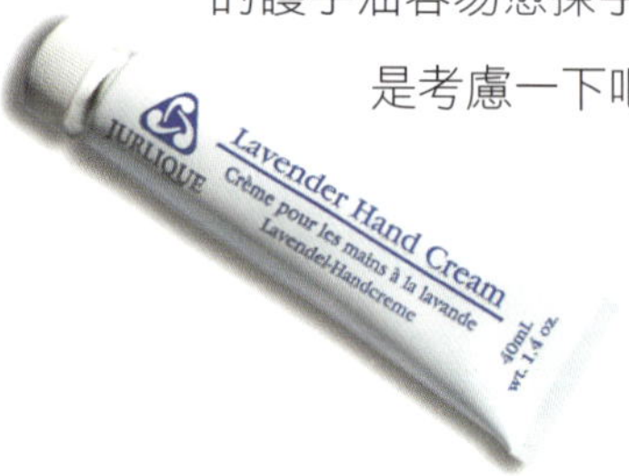

◎心得 3 ：
套手套腳加強效果

用露得清護手霜按摩完整雙手後，立刻戴上棉手套，就是憲兵或交通警察戴的那一種白手套啦，一般五金行就有在賣。戴上手套睡一覺，隔天起床你會發現手嫩得跟嬰兒一樣喔！

Perfect

保養腳也是一樣的方法。用露得清護手霜將兩隻腳的每吋皮膚都仔細按摩完之後，立刻穿上棉襪，用一般的普通棉襪就可以，但要是乾淨的。穿棉襪可以幫助吸收，穿一個晚上或只穿一兩個小時都行！

◎心得 4 ：磨掉厚腳皮

如果你是常穿高跟鞋或是常走路的女生，腳跟會變粗，還會有白白皮屑，腳掌前端、和大腳趾和小趾的兩側也很容易長出繭來。這時就要用專門磨腳皮的磨砂板來處理了。腳泡了溫水之後再使用磨砂板，比較容易磨掉硬皮喲！

有一種磨砂板真正是磨石做的，看起來就像一塊把水抽乾的石頭，這種的效果反而不是太好，因為它可能會磨破你的腳，或是因為形狀的關係，腳板中間凹下去那塊磨不平均。最好挑選一種長橢圓形、扁扁的、頭尾是尖橢圓形的磨砂板，我覺得這種最好用，很多品牌都有出。最糟糕的是那種金屬、刨刀式的磨砂板，它非常容易磨破腳。

有硬皮就要趕快磨掉，如果已經嚴重到變成雞眼的程度，就要去找醫生！

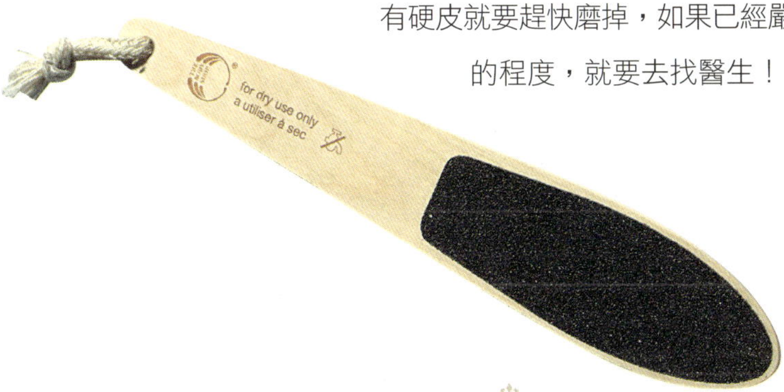

◎心得 5 ：別忘了保養手肘和膝蓋

手肘與膝蓋容易變粗黑，這兩個地方在身體去角質的時候可以加強，也同樣可以用露得清護手霜來保養。

美・容・大・王
經驗談

穿鞋子若不小心把腳磨破皮，又不想留下疤，大王我建議大家用寧疤寧除疤乳膏，或是跟皮膚科醫生買類固醇軟膏來搽。類固醇當然有很多副作用，但是它有相當好的除疤效果，容易幫助傷口和痘疤淡化黑色素。你當然不能大量使用它囉，每天在疤痕上塗一點點就好了。

不想出糗，就把腋毛清乾淨囉

美女如果舉起手來讓人看到沒刮乾淨的腋毛，那說有多糗就有多糗！茱麗亞蘿勃茲就曾經這樣出糗過，變成國際大笑話。

拔腋毛因為會很痛，很多美女都對它敬而遠之，但若要追求完美，這種痛是必須忍耐的！不過，腋毛的敏感度不像鬍子那麼厲害，其實拔個一兩次之後，就會感覺比較不痛了！

腋毛的處理，我建議大家用拔眉夾來拔，不過如果你是那種腋毛很多、或是從來沒拔過腋毛的女生，還是最好分成兩、三次來拔。拔毛的技巧和我前面教的拔眉技巧一樣，先緊緊夾在毛最根部的地方，不要夾到肉，也不要從毛的尖端拔，否則很容易失敗。拔完後可以搽上一些面速力達姆，防止紅腫的產生。不過大王在這裡要提醒大家，如果你本來就是腋下毛細孔凸出的人，那就不要拔了，因為這樣拔很容易使你發炎哦，試試雷射除毛吧！

另外坊間也賣很多撕剝式除毛劑或是除毛劑乳膏，我沒有特別推薦的品牌，因為用這些產品除毛有缺點——它很容易再長出來，長出來的又是小短毛，這種短毛撕掉也不行、拔掉又很難拔、刮掉也難，可以説是後患無窮。用拔毛方式長出來的腋毛，和拔眉毛的道理相同，後續長出來的毛比較容易處理。

可能也有很多怕痛的女生是用刮的方法除掉腋毛，大王我則是覺得太麻煩，刮了之後很容易長出來，又容易在刮的時候受傷，而且剛長出來的短腋毛刮不掉，要等它長到某個長度才能刮，真的是太麻煩了！

美·容·大·王
經驗談

拔腋毛是辛苦的工程，因為要一直低著頭看著腋下，拔久了手痠脖子痠。所以我建議大家找面鏡子或是運用衣櫥上的鏡子當作輔助，要拔毛的那一隻手撐壓著鏡子，眼睛看著鏡子裡的腋下，另外一隻手就能輕鬆拔毛囉！

【結語】

美容大王總整理

藝人是公眾人物，很多事要比一般人更注意。像穿衣打扮、私生活啦，我倒不怕狗仔隊或別人的評頭論足，反而是對工作負責這件事，我最在意。所以我一定要保養愛美，因為那也是我工作的一部分呀！

我認為男女藝人注重保養是應有的職業道德，藝人賣的就是自己，這當然包括內在的充實與才藝，可是光鮮亮麗的外表是我們的最大本錢。維持我的品質，是我對自己的基本要求！

我承認自己是有點變態，尤其是在美容方面的追求，很變態，不過收穫很多，也因為這樣，我才能當上現今的『美容大王』啊！

前面五個單元裡，我已經鉅細靡遺的把本大王的保養秘訣公諸於世，最後，我要公開我平時的保養時程，也算是總整理這本書的內容囉！

◎必做保養1：

敷臉＆搽身體乳液（每天）　費時40分鐘

我是每天都一定要敷臉的，洗完澡也一定馬上搽身體乳液，這是最基本的功夫。可別小看這些小小的動作喲，光是做這兩種保養，每天差不多就要花掉我 40 分鐘時間。

如果晚上懶得敷臉，我就早上起床敷，如果白天工作忙，我就晚上回家敷。如果不用拍戲在家閒閒，我很可能早晚都敷不同的面膜！

我的皮膚比較薄、比較乾、又容易曬黑，所以讓皮膚變健康的面膜我很重視，另外美白、保濕的敷臉工作也很重要。至於清潔面膜我則是久久用一次就夠，因為我的皮膚既薄又敏感，不需要太常使用清潔面膜。

◎必做保養 2：

手足護理（兩三天一次） 費時 60 分鐘以上

一個禮拜有固定幾天，我會在雙手雙腳搽上乳液，再戴上手套和襪子加強滋潤效果。

◎必做保養 3：

去角質（兩週一次） 費時 10 分鐘

雖然我的皮膚薄，但是偏偏我又覺得去角質一定要用磨砂膏才會有那種爽快的感覺，才會覺得臉都被清得很乾淨，所以我只好兩週做一次去角質。

◎必做保養 4：

洗頭（視情況） 費時 30 分鐘

我的頭皮不是很油的，要是每天洗很容易掉頭髮，而且我也覺得每天洗頭其實並不必要。我非常注重頭髮的保養，因此，如果當天需要洗頭，我就不護手腳了。我的保養工作需要每天穿插安排，這樣才能達到效率與最佳效果！

國家圖書館出版品預行編目資料

美容大王／徐熙媛作.-- 初版 -- 臺北市：
平裝本, 2004〔民93〕 面； 公分.
--（平裝本叢書；第171種）（迷FAN；49）
ISBN 957-803-506-3（平裝）
1.美容

424 93020774

平裝本叢書第0171種
迷FAN 49
美容大王
作 者—徐熙媛
發 行 人—平雲
出 版 發 行—平裝本出版有限公司
台北市敦化北路120巷50號
電話◎2716-8888
郵撥帳號◎18999606號
香 港 星 馬—皇冠出版社(香港)有限公司
總 代 理—香港灣仔告士打道88號19樓
電話◎2529-1778 傳真◎2527-0904
出 版 統 籌—盧春旭
出 版 策 劃—龔槵甄
責 任 編 輯—蔡曉玲
美 術 設 計—王瓊瑤・陳韋宏
校 對—鮑秀珍・蔡曉玲
印 務—林莉莉・林佳燕
著作完成日期—2004年10月
初版一刷日期—2004年12月
初版二十刷日期—2005年1月

法律顧問—王惠光律師

讀者服務傳真專線◎02-27150507
皇冠文化集團網址◎www.crown.com.tw
電腦編號◎419049
國際書碼◎957-803-506-3
Printed in Taiwan
本書定價◎新台幣280元／港幣93元

迷FAN讀者回函卡

【迷FAN】系列對於偶像的一切永遠好奇！感謝您購買本書，請將本卡資料詳細填妥後寄回（免貼郵票），便能不定期收到我們的新書資訊與特惠優待，也讓我們能做出更炫更美更讓您滿足的偶像書！

書名：美容大王

姓名：＿＿＿＿＿＿ 性別：□男 □女

出生：＿＿年＿＿月＿＿日

學歷：□國小或以下 □國中 □高中職 □大專□研究所

住址：□□□ ＿＿＿＿＿＿＿＿＿＿＿＿

聯絡電話：（日）＿＿＿＿＿＿（夜）＿＿＿＿＿＿

手機：＿＿＿＿＿＿＿＿

e-mail：＿＿＿＿＿＿＿＿

1. 您購買本書的動機？

□封面 □書名 □內容題材 □作者 □廣告

□系列規劃 □促銷活動 □其他：＿＿＿＿＿＿

2. 您通常以哪些方式買書？

□書店 □便利商店 □量販店 □網路 □信用卡

□銀行郵購 □郵購型錄 □劃撥郵購 □團體訂購

□其他：＿＿＿＿＿＿

3. 對於偶像書，您最重視哪些部份？

□照片夠不夠多 □設計夠不夠炫 □內容好不好看

□文字是否充實 □只要是偶像就照單全收

□其他：＿＿＿＿＿＿＿＿＿＿

4. 您還看過【迷FAN】系列的哪些書？

＿＿＿＿＿＿＿＿＿＿＿＿＿＿＿＿

＿＿＿＿＿＿＿＿＿＿＿＿＿＿＿＿

5. 您最希望看到哪些藝人出的書？

＿＿＿＿＿＿＿＿＿＿＿＿＿＿＿＿

您對本書的意見，或其他任何批評與建議：

◎請沿虛線剪開、對摺、裝訂後寄出。

□□□
地址：
寄件人：

廣　告　回　信
臺灣北區郵政管理局登記證
第　1648　號

105

台北市敦化北路120巷50號

平裝本出版有限公司　收

SOS 姊姊的秘密心事

對於愛情，大 S 徐熙媛自有一套自己的主張與想法，她用畫筆釋放沸騰的情感與戀愛的心情，沒有壓抑與偽裝，而是絕對的誠實、非常的坦率！在這些個性十足的私房畫與心情話裡，你也將可以找到屬於你自己的新新愛情觀！

小S牙套日記

說起來也真奇怪，戴上牙套之後好像發生了特別多的事情，我的人生就在這三年中，產生了很大的變化，不管是好是壞，我都走到了現在，接下來的人生，不知道會是什麼樣子，反正我得正式的跟牙套和過去說聲再見了，我要好好的期待接下來的日子，爛的、衰的、棒的、美的……都儘管放馬過來吧！

SOS 東京拼裝大地圖

新新人類注意啦！如果你常常瞎拚拚到死黨肢體殘障！如果你覺得光在台北瞎拚實在亂遜一把！如果你拿木村、安室當神來供！……那你一定要看《SOS 東京拚裝大地圖》，這裡有最 HIP 、 HOP 的東京新世代流行情報，讓你逛得夠爽夠 HIGH ，買得夠物超所值！

SOS 超猛青春

SOS 從小到大絕對機密檔案徹底曝光！有圖為證喔！古靈精怪搞笑事件層出不窮，邀請你一起來給他捧腹一下！大、小 S 說自己的話、做自己的事、走自己的路，超猛作風，自然與眾不同！還有親朋好友、老師死黨、三姑六婆齊來大爆大、小 S 驚人內幕！